집

짓 는

사 람

* 이 도서의 국립중앙도서관 출판예정도서목록(CIP)은 서지정보유통지원시스템 홈페이지 (http://seoji.nl.go.kr)와 국가자료공동목록시스템(http://www.nl.go.kr/kolisnet)에서 이용하실 수 있습니다.
(CIP제어번호: CIP2019011069)

안 준 원
이 민 진
최 영 건
최 유 안

소
설
집

집
짓 는
사 람

은행나무

# 각자의 공간에서 우리는

'자기만의 공간'이란 이를테면 이런 거다. 내 손때로 닳은 가구들이 늘어선 방, 좋아하는 책으로 가득 찬 도서관, 자주 가는 카페에서 늘 앉는 자리. 그곳이 나를 안전하게 만들어준다는, 그런 생각이 드는 곳. 그리하여 '각자의 공간'은 군이 물리적인 공간일 필요가 없다. 휴대폰, SNS 계정, 지나간 순간들을 기억하거나 앞으로의 일을 상상하는 머릿속마저 당신의 공간이다. 무언가 떠올릴 때, 우리는 이미 그 순간 안에 존재한다.

다른 방식으로 생각해보자. 공간을 공유하는 것은 은밀한 영역을 함께 나눈다는 뜻이다. 정성껏 고른 선물을 상대에게 건넬 때, 지난 여행에 대한 추억담을 듣거나 앞날에 대한 걱정을 털어놓을 때, 글을 읽으며 쓴 사람의 마음을 더듬을 때 당신의 공간은 상대를 향해 열린다. 이것은 관계의 비밀이다. 우리는 끊임없이 관계를 맺은 사람들의 공간을 엿보고, 또 그들로 인해 자기만의 공간을 조금씩 손보며 살아간다.

우리는 지난해 봄에 처음 만났다. 모르는 사람들이 얽히는 과정이 그렇듯, 우리도 서로의 공간을 조금씩 엿보며 데면데면 시간을 보냈다. 사람의 감정을 더듬어 문장으로 영글게 하는 일을 하고 있으므로, 앞으로 가야 할 길이 멀다는 것을 알고 있으므로 조금 더 조심스럽게 상대를 배려하며 관계를 맺었을지 모른다. 저물녘까지 의견을 나눈 끝에 '공간'에 대한 소설을 써보자고 결정한 순간 정적이 흘렀던 것으로 기억하는데, 아마도 그때 벌써 저마다 이야기의 씨앗을 틔우고 있던 게 아닌가 생각한다. 우리는 각자의 공간으로 돌아가 마음껏 자기 이야기를 펼치기 시작했다. 자기만의 공간을 채우다 다시 만나면 서로의 공간에서 일어났던 일들을 나누고 보듬었다. 글을 쓰고 다듬고 책으로 만드는 동안 좋은 분들이 우리에게 각자의 공간을 흔쾌히 내주셨다. 덕분에 우리의 공간은 조금 더 깊고 넓어졌으며, 다채로운 빛깔을 낼 수 있었다.

이렇게 안준원, 이민진, 최영건, 최유안 등 네 명의 소설가들이 이 책을 통해 각자의 공간을 세상에 선보이게 되었다. 이 젊은 작가들과 함께 유랑할 공간은 바위산으로 둘러싸인 이국의 시골, 귀면와가 기묘한 숨결을 내뿜는 마을, 시대를 넘나드는 예술가의 방, 끊임없이 짓고 있는 집으로 변모한다. 당신이라는 공간과 만나, 이야기들은 다시 새로워질 것이다. 새로운 색깔을 덧입고 다채로운 향기를 품을 것이다. 그렇게 관계를 맺을 때만 당신과 우리의 공간이 모두 풍요로워질 거라고 믿는다. 우리는 그때를 기다린다. 공간은 그렇게 소설이 된다.

2019년 4월
최유안

## 차례

# 염소

안준원

안준원은 1984년 전남 여수에서 태어났다.

2018년《현대문학》신인추천으로 등단했다.

보다 깊은 차원에는 완전한 질서가 있다고 믿는다.

　　　　　　　어젯밤 염소 한 마리가 우릴 위해 희생당했다. 창의 아버지는 능숙한 솜씨로 염소 가죽을 벗겨냈다. 창이 가죽을 건네받아 창고로 가져가며 말했다.

"여기 걸어두고 말리면 꽤 쓸 만한 가죽이 돼."

창은 창고 앞에 서서 핏물이 뚝뚝 떨어지는 가죽을 공중에 털어냈다. 그러고 나서 우리 쪽을 보며 자랑하듯 해맑게 웃었다.

창이 창고 안으로 사라지자 그의 아버지가 공사장에서 주워온 철근을 알몸만 남은 염소의 입안으로 쑤셔 넣었다. 염소의 내부를 거쳐 항문으로 빠져나온 철근은 거무튀튀했고 끄트머리에 진득진득한 피가 맺혀 있었다. 마치 철근의 색을 천천히 흡수하기라도 하듯 피의 색이 점점 더 진해졌다. 하지만 좀체 떨어지지 않았고, 답답한 기분이 들었다.

창고를 나온 창이 자기 아버지를 도와 철근 양 끝을 거치대에 얹어놓았다. 직사각의 두꺼운 벽돌을 디귿 자 모양으로 쌓아둔 게 거치대였다. 시멘트 벽돌의 원래 용도가 그것이라는 듯이 자연스레 느껴진 건 그들이 같은 일을 여러 번 해보아서 동작 하나하나에 익숙함이 묻어났기 때문일 것이다. 벽돌 사이에 일찌감치 지펴둔 불꽃이 몸을 뒤척였다. 가죽 없이 얇은 막으로만 가까스로 감싸인 염소 덩어리에서 핏물이 한두 방울씩 떨어져 내렸고, 그때마다 불꽃은 거세게 타올랐다. 창이 불꽃을 보며 말했다. 불의 정령은 죄의 맛을 좋아한다고. 그 죄는 아마도 염소가 아니라 우리의 죄일 것이었다. 우리도 미처 알지 못하는 우리의 죄. 염소가 우리를 대신해서 불꽃 위에 걸렸고, 우리 죄를 머금은 피를 뚝뚝 흘리며 대신 불의 정령에게 사죄하고 있었다.

우우우-

마을 사람들이 집단으로 웅얼거리는 소리가 어느새 지척까지 다가와 있었다. 멀리서부터 메아리치듯 천천히 다가온 그 소리는 개개의 인간이 내는 소리가 합쳐진 게 아니라 하나의 거대한 개체가 웅얼거리는 소리 같았다. 쾅쾅쾅. 누군가 대문을 두드리자 창과 그의 아버지가 자리에서 일어서며 거대한 웅얼거림에 자기들 소리를 보태기 시작했다. 창의 아버지가 대문을 열자 긴 막대기를 짚은 사내의 실루엣이 모습을 드러냈다. 그 뒤쪽으로 합장한 채 고개를 조아리고 선 마을 사람들이 보였다. 우리는 일부러 사내 쪽을 바라보지 않았다. 일렁이는 불꽃에 몸을 숨기기라도 하듯 불꽃의 중심을 향해 몸을 점점 더 기울일 뿐이었다. 창은 일찌감치 우리에게 일러두었다. 때가 되면 그와 그의 아버지도 마을 의식에 참석하러 나갔다 와야 한다고. 그들이 사내 곁을 지나쳐 문밖으로 나가려 할 때 사내가 한쪽 팔을 뻗어 그들을 제지했다. 그러고는 우리 쪽을 향해 무어라 외쳤다. 창의 아버지가 휘 손을 내저으며 사내에게 무어라 대꾸했다. 사내는 몇 초간 그대로 서 있다가 뒤돌아서 나갔다. 창이 대문 밖으로 나서기 전에 우리를 향해 곧 돌아오겠다고 외쳤다.

그들이 돌아올 때까지 우리는 별말 없이 그저 불꽃만 바라보며 앉아 있었다. 아내가 익어가는 염소 고기를 보며 '이거 꼭 먹어야 할까?'라고 물었고 내가 '먹어야 하지 않을까'라고 대답한 게 유일한 대화였다. 아무래도 아내는 추석 연휴를 맞아 이곳으로 여행 온 걸 후회하고 있는 눈치였다. 하지만 이곳에 오자고 제안한 게 자신이었으므로 싫은 티를 낼 수 없었을 것이다. 물론 아내는 우리가 낯선 나라, 낯선 마을의 한가운데서 치러지는 축제에 참여하게 될 줄은, 그중에서도 가장 내밀해 보이는 고유 의식에 휘말리게 될 줄은 전혀 예상하지 못했을 것이다. 그러한 정보는 우리가 살펴본 어떤 여행 책자에도 없었으니까.

창과 창의 아버지가 돌아왔을 때는 이미 자정에 가까운 시각이었다. 시차를 고려하면 큰아버지 댁에 모였던 일가친척들이 각자 집으로 돌아가 짐을 풀고 있을 시각이기도 했다. 창의 아버지는 손을 씻지도 않은 채 염소 고기를 찢어서 우리 앞에 내주었다. 그가 그 손으로 지금껏 무슨 일을 하고 왔을지 알 수 없었다. 하지만 우리는 그가 찢어준 고기를 말없이 입안에 넣었다. 염소는 우릴 위해 죽었고, 우리는 그의 손님이었으므로.

창의 아버지는 염소 고기를 우물우물 씹어 삼키는 우리를 가만히 지켜보았다. 그러다 갑자기 특별한 선물을 주겠다면서 창고로 갔다. 그가 창고에서 꺼내온 건 라벨도 붙어 있지 않은 길쭉한 유리병이었다. 그는 그 병을 눈앞에서 흔들어 보이며 매해 수확한 벼로 손수 술을 빚는데 그렇게 해서 창고에 하나둘씩 쌓인 증류주들이 자기가 가장 아끼는 재산이라고 말했다. 그가 꺼내온 술은 그중에서도 20년 전에, 바로 창이 태어나던 해에 빚은 술이었다.

그는 술을 따라주며 우리가 자기 자식처럼 느껴진다고 말했다. 그게 창이 태어나던 해에 빚은 술을 보물 창고에서 꺼내온 이유였다. 원래는 창이 결혼할 여자를 데리고 왔을 때 꺼내려 했던 술이라는 그의 말을 창이 쑥스러운 표정으로 통역해주었을 때, 우리는 부러 눈을 동그랗게 뜨며 연신 감사하다고 말했다. 그런 우리를 흡족한 표정으로 바라보던 창의 아버지는 지난달부터 자기 집 옆에 게스트 하우스로 쓸 5층짜리 건물을 짓고 있었다. 그중 꼭대기 층은 임신한 딸과 사위에게 줄 계획이었다. 창의 누이는 산달을 앞두고 있었고 우리는 숙소에 들어온 첫날 거실에서 그녀와 딱 한 번 마주쳤다. 그때 우리는 그녀에게 축하한다고, 그녀를 닮은 예쁜 아이가 나올 것 같다고 말해주었다. 창이 통역해준 말을 다 들은 그의 누이가 부풀어 오른 배를 쓰다듬으며 몇 마디 했다. 창이 다시 통역해주었다. 우리도 예쁜 아이를 낳길 바란다는 말이었다. 우리는 부끄러운 듯 손사래 치며 '노, 노'라고 말하다가 다 같이 웃고 말았다. 그러다 웃음이 멈추고 침묵이 찾아들었다. 창의 누이는 어깨에 걸친 스웨터를 고쳐 입으며 주방 쪽으로 사라졌다.

우리는 염소 고기는 거의 먹지 않은 채 술만 받아 마셨다. 고작 몇 잔 마셨을 뿐인데도 취기가 올라와 어지러웠다. 창 역시 취한 듯 보였다. 그는 뭐가 그리 좋은지 실실 웃으며 우리가 내일 아침에 치러야 할 의식의 마지막 절차에 대해 말해주었다. 우리는 고개를 끄덕이고는 방으로 돌아왔다.

해돋이 시각은 한국보다 훨씬 일렀다. 준비를 끝마치고 나왔을 때 창은 이미 자전거 위에 올라타 있었다. 그 옆으로 우리가 탈 자전거 두 대가 나란히 서 있었다. 우리는 각자 올라타서 엉거주춤 페달을 밟았다.

논두렁길을 달려 조망대까지 가는 동안 카르스트 지형 특유의 기괴한 암석과 바위산들이 여명 속에서 불쑥불쑥 솟아올랐다. 마치 하나둘씩 비명을 지르며 잠에서 깨어나는 것만 같았다. 어쩌면 어젯밤 죽은 염소의 비명이 고스란히 풍경으로 옮아간 것인지도 몰랐다. 어느 쪽의 비명이든 섬뜩하긴 마찬가지였다. 창은 즐겁다는 듯이 휘파람을 불며 앞서갔다. 그러다 가끔 고개를 돌려 몇 마디 말을 건넸다. 무언가를 설명하는 것 같았다. 귓가를 스치는 바람 소리 때문에 잘 들리지 않는데도 알아들었다는 듯이 고개를 끄덕이며 '오케이, 오케이' 하고 대답하거나 '올 라잇, 올 라잇' 하고 소리쳐주었다.

30분쯤 쉬지 않고 달렸을 때 꼭대기에 정자가 서 있는 바위산이 나타났다. 멀리서도 눈에 띄었다. 정자 주변으로 사람들의 움직임이 보였다. 마치 머리들만 움직이고 있는 것 같았고 그래서 유령처럼 느껴졌다. 살면서 해돋이를 볼 생각은 한 번도 해본 적이 없었다. 해는 매일 떠오르는데 그런 일상성의 산물에 대고서 무언가를 바라며 빈다는 게 우스꽝스럽게 여겨졌기 때문이다. 새벽녘 창이 방문을 두드리며 우리를 깨웠을 때 아내는 우두커니 천장을 바라보며 농담을 했다. 떠오르는 해를 보고 무언가를 비느니 한결같이 기지개를 켜며 일어나는 당신의 습관에 머리를 조아리겠다고. 그러면 잠도 더 잘 수 있고 에너지 소모를 할 필요도 없다고 덧붙였다. 나는 내 기지개를 향해 머리를 조아리는 아내의 모습을 떠올리고는 웃었다. 그러고는 이내 웃음을 멈추었다. 아무튼 해돋이를 보러 가야만 했다. 창이 그게 의식의 마지막 절차라고 했으니까.

　창은 수확을 앞두고 속죄 의식을 치러야만 다음 수확 철에 흉년이 들지 않는다고 말해주었다. 마을 사람들이 그렇게 믿는다고. 하지만 정작 그는 믿지 않는 것 같았다. 그저 외국인에게 토속 문화를 체험시키며 즐거움을 누리고 있는 것으로 보였다. 그렇지 않고서는 우리와 눈이 마주칠 때마다 해맑게 웃는 이유를 달리 설명할 길이 없었다. 반면 창의 아버지는 달랐다. 우리도 의식에 동참해야 한다고 말할 때 그의 목소리에는 거절하기 힘든 기색이 어려 있었다. 지난 세월 오직 벼농사로만 생계를 꾸려나가며 이모작의 주기에 삶의 주기를 맞추었을 남자. 그 주기를 원활히 돌아가게 하는 건 인간의 노력이 아니라 그보다 훨씬 더 큰 어떤 존재의 변덕이라고, 그걸 다스릴 유일한 방법은 속죄 의식뿐이라고 굳게 믿고 있는 게 틀림없었다. 우리처럼 잠시 들른 방문객이라 할지라도 반드시 참여해야만 하는 신성한 의식.

하지만 우리는 염소가 대신해서 죽어야 할 만한 어떤 죄도 지은 적이 없었다. 그저 숙소에 도착한 첫날 밤에 창과 그의 아버지에게 우리 얘기를 했을 뿐이다. 이국적인 풍경은 그간의 삶을 객관적으로 조망할 수 있게 하는 무대가 되어주었고, 앞에 앉은 창의 아버지는 푸근한 표정으로 우리 마음을 느슨해지게 했다. 그런 분위기에서 우리가 전에 없이 솔직한 심정이 된 건 사실이지만 그렇다고 해서 잘못이나 죄라고 여겨질 만한 걸 말한 적은 없었다. 우리는 명절 내내 쏟아질 질문들로부터 잠시 도망쳐온 여행객일 뿐이었다. 직장은 좀 어떠니. 아무리 그래도 4대 보험이 되는 데를 알아보는 게 낫지 않겠니. 아이는, 아이는 언제 낳을 거니.

우리는 아이를 낳을 계획이 없었고 앞으로도 그런 계획을 세울 마음이 전혀 없었다. 하지만 그렇게 말했다가는 어떤 일이 벌어질지, 어떤 압박에 시달리게 될지 빤히 알았으므로 삶이 조금 더 안정되면 낳겠다는 거짓말 뒤에 잠시 숨어 있었다. 올해는 그 뒤에 숨어 있기도 벅차서 이곳으로 온 것이었다. 설마 아이를 낳지 않겠다는 결심을 이곳에 와서 솔직하게 말하게 될 줄은, 그리고 그게 문제가 될 줄은 꿈에도 몰랐다. 창이 우리의 결심을 통역해주었을 때 창의 아버지는 대뜸 그것은 우리 탓이 아니라고 했다. 우리 탓이 아니라고. 그때는 그게 우리를 지지하는 말인 줄로만 알았다. 그러므로 창의 아버지가 우리를 위해 염소를 잡아야겠다고 말했을 때 별생각 없이 연신 감사하다고만 했다. 우리는 그의 손님이었고 염소 고기는 지역 특산물이었으니까.

　도심보다는 한적한 시골 마을로 가서 조용히 지내다 오기로 마음을 맞춘 뒤 온갖 예약 사이트를 뒤져서 마침내 선택한 곳이 창의 가족이 운영하는 팜 하우스였다. 역 앞에서 택시를 타고 숙소로 오는 길에 염소 사진이 인쇄된 입간판을 여럿 보았다. 거기 적힌 낯선 언어가 염소 고기를 부위별로 지칭한 말이라는 걸 쉬이 짐작할 수 있었다. 마찬가지로 창과 그의 아버지가 나누는 대화 역시 전혀 알아들을 수 없었지만 돌아가는 상황과 그들의 표정으로 미루어 어느 정도 짐작할 수 있었다. 물론 실상은 전혀 다른 뜻이었을지도 모른다. 그럴 확률이 더 높았다. 우리는 창과 처음 만났을 때부터 영어로 대화했다. 하지만 그나 우리나 영어에 그리 능숙하지 않았고 서로 상대의 영어 실력이 나을 거라고 내심 믿고 있는 게 분명했다. 우리는 창이 숙박업을 하니 영어 실력이 더 좋을 거라고 생각하고, 거꾸로 창은 우리가 한국에서 온 말쑥한 차림새의 젊은 부부라서 영어 실력이 더 좋을 거라고 생각하는 식이었다. 그렇다 보니 뜻이 정확히 전달되지 않아도 보충해서 설명하기보다는 다 알아들었다는 듯이 고개를 끄덕이며 서둘러 다음 화제로 넘어가곤 했다. 창이 자기 아버지의 말을 전해줄 때도 우리는 '고트'와 '프레이'라는 단어만 확실히 알아들었을 뿐 정확한 뜻을 파악하진 못했다. 하지만 되묻지 않았다. 그때는 프레이가 기도한다는 의미의 프레이(pray)인 줄 알았지, 설마 희생을 뜻하는 프레이(prey)인 줄은 몰랐다.

그러고 보면 아내의 추측이 맞는지도 몰랐다. 창의 아버지에게 아이를 원하지 않는다고 고백했던 날, 아내는 그 뜻을 조금 더 분명히 하려는 의도에서인지 임신을 원하지 않는다고 덧붙였다. 그날 밤 한껏 취기가 올라 방으로 돌아온 아내는 아무래도 임신이란 단어는 쓰지 말 걸 그랬다고 말했다.

"그 단어가 어때서?"

아내가 가만히 입술을 매만지다가 말했다.

"우리가 애를 지웠다고 생각하는 게 아닐까?"

"뭐?"

"그래서 불길하다고 여긴 거지. 곧 태어날 자기 손주한테 부정적인 영향을 끼칠까 봐 안달이 난 거야."

아내는 그게 창의 아버지가 우리를 속죄 의식에 참여시킨 이유라고 말했다. 단지 아이를 낳을 계획이 없다는 사실 때문에 이렇게 적극적으로 나서는 건 말이 안 되니 우리가 애를 지웠다고 믿고 있는 게 틀림없다면서.

"설마 그 말을 그렇게 오해할 리가."

내가 반대 의견을 내자 아내는 평생 농사만 짓고 살아온 사람의 내면에 어떤 토속신앙과 미신이 깃들어 있을지 모른다며 자꾸 오해를 풀어야 한다고 했다. 나는 분명하지도 않은데 짐작만으로 나서기보다는 그냥 따라주자고 했다.

"창이 그랬잖아? 해돈이를 보는 게 마지막이라고. 라스트 스텝. 그 말을 잘못 들었을 리는 없어. 내일 아침이면 오해였든 뭐였든 다 끝날 거야."

나는 창의 마을에서 축제가 치러질 때 방문한 것이 행운이라고도 덧붙였다. 어느 여행 상품에서도 살 수 없는 특별한 경험을 하고 있는 거라고. 만약 아내 말대로 창의 가족이 우리를 오해하고 있다면 바로 그 덕분에 축제의 매우 은밀한 영역까지 직접 체험할 수 있게 된 것이니 이 역시 행운이었다. 그러니 우리는 그저 즐기면 그만이었다. 그러한 태도야말로 우리가 꿈꾼 삶의 모토이며 먼 이국의 시골 동네까지 제 발로 찾아 들어온 이유이지 않은가.

바위산 정상까지 걸어 올라가는 동안 염소를 여럿 보았다. 온몸이 새까만 염소가 듬성듬성 난 풀을 신중하게 뜯어 먹고 있었다. 고작 저런 것만 먹고 생을 유지할 수 있을까. 그런 의문을 품고 바라볼 때 창이 이곳이 염소들의 집단 서식지라고 알려주었다. 염소는 바위산에 풀어두기만 하면 알아서 잘 번식했고 지역민들은 필요할 때마다 그것들을 잡아들였다. 그런데도 개체 수가 줄지 않았다. 염소의 왕성한 번식력은 마을 사람들의 포획량을 앞질렀다. 석회암 지대, 그중에서도 가장 척박하다고 할 수 있는 먹색의 바위산 위에서 벌어지는 교접이라니. 도무지 상상이 되질 않아 고개를 절레절레 젓고 있을 때 염소를 가만히 들여다보던 아내가 창에게 물었다. 염소는 왜 먹을 게 풍족한 지상으로 내려가지 않고 척박한 바위산에 사는가. 그러자 창이 염소 옆쪽에 난 작은 구멍을 가리키며 그곳에서 시원한 바람이 나온다고 말해주었다. 그것이 염소가 바위산에 사는 이유였다. 연중 무더운 이 고장에서 바위산은 에어컨으로 냉방이 되는 인공 구조물을 빼고는 가장 시원한 곳이었다. 창은 바위산에 사는 염소가 일반 염소와 육질이 다르다고도 덧붙였다. 그의 말을 들으며 나는 보다 나은 삶을 살려고 바위산에 올라왔다가 오히려 표적이 되어버린 염소의 아이러니한 운명과 최후에 대해 생각했다. 어젯밤 우리 죄를 씻는다는 이유로 창의 아버지 손에 잡혀 와 불꽃 위에 걸렸던 염소도 여기 어딘가에서 한가로이 풀을 뜯어 먹지 않았을까. 부질없는 생각이다. 어쨌든 염소는 이르든 늦든 누군가의 손에 잡혔을 것이다. 이곳에서는 어쩔 수 없는 일이다. 그렇게 생각하는 편이 조금이나마 마음이 편했다.

바위산 꼭대기에 도달했을 땐 둘 다 땀에 흠뻑 젖어 있었다. 정자에 걸터앉아 쉬려는데 창이 더 가야 한다고 말했다. 이곳이 정상인데 어딜 더? 창의 시선이 가닿은 곳을 보니 도무지 사람이 갈 수 없을 것만 같은 둔덕에 염소의 뿔처럼 암석 하나가 뾰족이 서 있었다. 비로소 바위산 전체가 염소 머리 형상이라는 생각이 들었다. 아마도 창이 자전거를 타고 오며 말해주려 했던 게 바로 바위산의 형상에 관한 게 아니었을까. 포니테일로 머리를 묶은 서양인 남자가 염소 뿔 모양의 암석에 등을 기댄 채 위태롭게 서 있었다. 한 발짝만 더 내디디면 에스 자로 굽이치는 석회질의 강으로 추락할 것처럼 위태로워 보였다. 우리는 동시에 고개를 절레절레 흔들었다. 하지만 창은 저곳이 아니면 마무리가 되지 않는다고 말했다. 단호하게 '낫 피니시'라고 말하는 창의 표정이 암석 끄트머리만큼이나 날카로워 보였다. 그는 우리와 눈이 마주쳤는데도 웃지 않았다.

창이 앞장서서 암석을 향해 나아갔다. 우리는 정확히 그가 밟은 곳만 따라 밟으며 뒤따랐다. 염소 뿔 모양의 암석을 등지고 서 있던 서양인이 갑자기 고개를 돌려 우리에게 '컴 온, 허리업' 하고 외쳤다. 그가 손가락으로 저 멀리 어딘가를 가리켰다. 그곳에서 해의 머리가 희미하게 떠오르고 있었다. 조금만 발을 헛디디면 저 붉은 머리 위로 빠지고 말 거라는 생각이 온몸을 휘감았다. 실제로는 차가운 강물 위로 떨어질 테지만 몸의 감각은 이미 태양으로 추락하는 이미지에 사로잡힌 듯 순식간에 달아올랐다. 우리는 맞잡은 손을 통해 서로의 공포와 열기를 공유했다. 창이 나지막이 말했다. 프레이. 그러고는 덧붙였다. 눈을 감지 마. 크게 떠. 너희 죄를 떠오르는 태양에 떨어뜨려.

우리는 염소 뿔을 닮은 바위에 기대서서 눈을 크게 뜬 채 떠오르는 해를 바라보았다. 하지만 대체 무엇을 기도해야 하

나. 우리의 죄가 무엇이란 말인가. 서서히 떠오르는 빛의 구체를 향해 무엇을 떨어뜨려야만 하는가.

해가 완전히 모습을 드러냈을 때 창은 합장한 채 몸을 깊숙이 숙였다. 우리도 그를 따라 합장하고선 몸을 깊숙이 숙였다. 서양인이 우리의 엄숙함에 이끌린 듯 카메라에서 손을 떼더니 동작을 따라 했다. 마치 그것이 이 나라에서 해를 맞이하는 고유한 의식이며 거기에 엄청난 의미가 담겨 있기라도 한 듯 경건한 표정이었다. 그가 카메라로 찍어야 할 건 매일 떠오르는 태양이 아니라 바로 그 표정이 아닐까. 나는 고개를 살짝 틀어 아내를 보았다. 아내는 눈을 감은 채 입술을 꽉 다물고 있었다. 그런데도 마치 무슨 말을 하고 있는 것처럼 느껴졌다. 이윽고 아내가 눈을 떴을 때 나는 쳐다본 적이 없던 것처럼 황급히 고개를 돌리며 눈을 감았다. 얼마 후 창이 그만 내려가자며 내 어깨를 툭 쳤다. 눈을 떴을 때 아내는 이미 저만치 혼자 내려가고 있었다.


창은 숙소 대신 자신이 아는 식당에서 아침을 먹자고 했다. 우리가 뭐라 대꾸하기도 전에 자기가 사겠다고 말했다. 우리는 아침을 먹는 습관이 없었고 숙소로 돌아가 어서 씻고 드러눕고 싶은 마음이 간절했다. 그러나 단박에 거절하지 못했다. 숙소에 아직 이틀을 더 묵어야 했다. 주인은 창의 아버지이지만 사실상 관리는 창이 했으므로 그에게 잘 보이는 편이 좋았다. 하지만 땀 냄새를 의식하지 않을 수 없었고 결국 좀 더 청결에 예민한 아내가 에둘러 말했다. 괜히 돈 쓸 필요는 없지 않아? 그러자 창은 손님을 대접하는 게 자기 기쁨이라고 말하며 웃었다.

창이 우리를 데려간 곳은 굴다리 옆 공터에 차려진 작은 식당이었다. 식당 내부에도 테이블이 있었으나 바깥에 놓인 간이 테이블에 앉았다. 다른 손님들도 전부 바깥에 앉아 있었다. 냉방이 전혀 되지 않는 건물이었다.

우리에게 잠시만 기다리라고 말한 뒤 창은 한 무리의 청년들을 향해 걸어갔다. 일찌감치 호기심 어린 표정으로 우리를 관찰하던 이들이었다. 10대 후반에서 20대 초반으로 보였다. 창이 다가가자 그들 중 한 명이 기다렸다는 듯이 무언가를 물었다. 창이 뭐라고 대답하자 그들 사이에 한바탕 웃음꽃이 피었다. 우리는 한꺼번에 쏠렸다가 다시 돌려지는 그들의 시선을 느꼈다. 분명 순박해 뵈는 이들이었고 웃음 역시 해맑았으나 곧이곧대로 받아들이기는 힘들었다. 그때 아내가 갑자기 헛구역질을 하기 시작했다. 나는 아내를 재빨리 등으로 가렸다.

"무슨 일이야?"

헛구역질을 멈춘 아내가 말했다.

"냄새가 나. 어젯밤 염소 고기 냄새."

지난밤 염소 고기에서는 이제껏 한 번도 맡아본 적 없는 지독한 누린내가 났다. 창의 아버지가 꺼내온 독한 술로 속을 씻어내지 않았다면 누린내를 견디지 못하고 일찌감치 토해버렸을

지도 모른다. 지난밤에 뱉어내지 못한 것이 이제 와 올라오기라도 하는 걸까. 아내가 휴지로 입가를 닦으며 말했다.

"당장 가서 오늘은 염소 고기를 먹고 싶지 않다고 말해."

나는 망설였다. 그런 말을 하면 오히려 염소 고기가 나올 것만 같았다. 더는 창과의 대화를, 입에서 나올 때는 확실한 의미를 갖췄으나 상대의 귀로 들어가면 그 의미가 변형되는 문장들을 신뢰할 수 없었다. 다리 하나가 수평이 맞지 않는지 간이 테이블이 자꾸만 한쪽으로 기울었다. 미세한 기울기였으나 모든 것이 쏟아져 내릴 것만 같았다. 나는 양팔을 테이블 위에 올려놓고 힘을 주어 눌렀다. 식당 안에서 무언가가 끓는 기름 속으로 던져지는 소리가 들렸다. 창이 합류한 무리가 왁자지껄하게 웃으며 맥주잔을 부딪치는 소리도 들려왔다. 그들은 맥주를 단숨에 입안으로 털어 넣었다.

창을 소리쳐 부르려 할 때 음식이 나왔다. 다행히 평범한 볶음밥과 샐러드였다. 창이 자리로 돌아와 식사에 합류했다. 우리는 갈수록 치솟는 기온을 느끼며 천천히 음식을 입안으로 밀어 넣었다. 그때 남자 하나가 우리 테이블로 다가왔다. 저쪽 무리에 있던 사람이었다. 나는 그가 어젯밤 긴 막대기를 짚고 대문 밖에 서 있던 남자라는 것을 직감적으로 알아챘다. 대낮에 보니 그는 이 나라에서 마주쳤던 이들 중 키가 가장 컸으며 이상하게도 한쪽 눈만 붉게 충혈돼 있었다. 눈동자를 휘감듯 시작되어 풀뿌리가 뻗치듯 위쪽으로 퍼져나간 실핏줄이 훤히 드러나 보였다. 그가 눈을 깜박일 때마다 핏줄 다발이 기생충처럼 꿈틀대며 점점 더 위쪽으로 올라가는 것 같았다.

나는 그에게 먼저 인사를 건네고는 앞에 놓인 음식을 가리키며 엄지를 든 채 '굿, 굿'이라고 말했다. 그는 기묘한 웃음을 짓더니 현지어로 무어라 말했다. 나는 부러 순진무구한 표정으로 그를 바라보았고, 창이 대신 대꾸해주었다. 그는 고개를 끄덕이더니 이번에는 아내를 쳐다보았다. 아내가 그를 향해 어색하게 웃어 보였다. 그때부터였다. 그는 눈 한번 깜박이지 않고 아내를 뚫어져라 쳐다보았다. 아내의 표정이 굳는데도 시선을 돌리지 않았다. 내가 무슨 일이냐고 묻는데도 마찬가지였다. 오히려 미간을 찌푸리며 더욱더 집요하게 바라보았다. 아내가 더는 못 참겠다는 듯 자리에서 일어섰다. 나도 아내를 따라 일어섰다. 그제야 창이 남자를 말리듯 무어라 말했다. 하지만 남자는 아무런 대꾸도 하지 않았고, 시선도 여전히 아내에게 두고 있었다. 아내가 떨리는 목소리로 창에게 물었다.

"이 남자, 대체 왜 이러는 거야?"

창이 난처하다는 듯이 고개를 저었다. 그러고는 남자의 어깨를 건드리며 다시 한번 무어라 말했다. 그런데도 그는 오직 아내만 바라볼 뿐이었다. 아내가 내 팔을 잡아끌며 이만 숙소로 돌아가자고 말했다. 아내는 일부러 영어로 말했고 나 역시 영어로 답하며 자리를 떠나려 할 때였다. 남자가 팔을 벌려 아내를 가로막았다. 그의 눈은 이제 흰자위가 거의 보이지 않을 만큼 붉었다.

"헤이! 와츠 롱?"

내 외침에도 남자는 꿈쩍하지 않았다. 나는 다급히 창을 불렀다. 그에게 어떻게 좀 해보라고 다그칠 때 뒤쪽에서 아내의 날카로운 목소리가 들려왔다.

"지금 뭐 하자는 거야, 이 미친놈아!"

남자는 여전히 꿈쩍도 하지 않았다. 되레 놀란 건 나와 창이었다. 아내가 남자를 밀치려 해서 우리는 얼른 두 사람 사이로 끼어들었다. 그제야 남자가 시선을 돌리며 창에게 무어라 물었다. 창은 고개를 절레절레 젓기만 했다. 다행히 남자는 거기서 기행을 멈추고는 무리 쪽으로 돌아갔다. 좀 전의 와자지껄한 분위기는 싹 사라지고 그들은 이제 무언가를 논의하는 것 같았다. 나는 창에게 대체 무슨 일이냐고 물었다. 창은 애써 웃으며 아무 일도 아니라고, 걱정하지 말라고 대답했다.

"당장 숙소로 돌아가겠어."

아내가 창을 노려보며 말했다. 창이 난처한 표정으로 무리 쪽을 바라보았다. 그들은 하나둘씩 오토바이에 올라타고서 식당을 떠나려 하고 있었다. 나는 아내 곁에 바짝 붙어 서서 저들이 다 떠날 때까지만 기다리자고 말했다. 아내는 대답 없이 무리 쪽을, 그중에서도 자신을 응시했던 남자를 마치 복수라도 하듯이 노려보고 있었다. 남자 역시 오토바이에 올라타며 응수하듯이 아내를 노려보았다. 그러고는 시선을 옮겨 나를 예의 그

강렬한 눈빛으로 바라보았다. 멀리 있어 확신할 순 없었지만 어쩐지 비릿한 웃음을 지은 것만 같았다. 헬멧을 쓴 남자가 짧게 소리쳤다. 창이 그의 말을 받았다. 단지 작별 인사를 나눈 것 같지는 않았다. 하지만 창에게 무슨 말이냐고 묻지 않았다. 이제 그만 끝내고 싶었다. 이건 우리가 바라던 전개가 아니었다.

숙소로 돌아오자마자 아내는 짐을 싸기 시작했다. 이곳에는 한시도 더 머물고 싶지 않다고 했다. 나는 아내의 심정을 이해하면서도 쉬이 짐을 따라 쌀 수가 없었다. 특가로 잡은 숙소의 예약 조건에는 환불이 불가능하다고 명시돼 있었다. 이제와 다른 숙소를 잡는 게 쉬운 일도 아닐 터였다. 나는 조심스레 말을 꺼냈다.

"그냥 안에만 조용히 있다 가는 건 어때? 그 의식이니 뭐니 하는 것도 이제 다 끝났으니까 더 이상 귀찮은 일은 없을 거야."

부지런히 짐을 싸던 아내가 동작을 멈추었다. 그러더니 한동안 나를 응시했다. 아내가 그런 표정을 지을 때는 아무리 설득해도 소용없다는 걸 알았다. 나는 아내를 따라 짐을 싸기 시작했다.

우리는 서로를 등진 채 짐 싸는 데만 열중했다. 옷을 개키는 소리, 생활용품이 저들끼리 부딪히며 달그락대는 소리, 지퍼가 잠기는 소리. 거기 짜증 섞인 아내의 외침이 섞여들었다. 돌아보니 아내의 침낭이 바닥에 널브러져 있었다. 조임 끈 하나가 뜯긴 게 보였다. 내가 침낭은 뭐 하러 챙기느냐고 말했을 때 아나는 혹시라도 숙소의 위생 상태가 좋지 않으면 침대 위에 깔고 잘 거라고 했다. 다행히 숙소는 청결한 편이었고 침대보도 매일 아침 창이 직접 갈아주었다. 그런데도 아내는 침대에 침낭을 펼치고 잤다. 무언가를 예방하듯이. 나는 아내의 침낭을 돌돌 말아 무릎으로 누르고는 양팔로 꽉 안았다. 그 상태로 아내의 배낭에 욱여넣었다. 어찌어찌 들어가긴 했으나 금세 부풀어 올라 밖으로 삐져나왔다. 몇 번 더 시도해보았으나 마찬가지였다. 그런 내 모습을 지켜보던 아내가 중얼거렸다.

"오해가 아니야."

아내는 침대에 기대앉은 채 몸을 옹송그렸다.

"뭐라고?"

"오해가 아니라고."

이번에는 또렷하게 들렸다. 내가 다가가려 하자 아내가 선을 긋듯이 말했다.

"오지 마. 거기 있어."

아내는 내게 등을 보인 채 몇 년 전 아이를 지웠다고 고백했다. 알리지 않은 건 내가 아이를 낳자고 할까 봐 두려웠기 때문이라며.

"당신한테 아이는 있어도 그만, 없어도 그만이잖아. 당신이 그렇게 생각하고 있다는 거 알아."

나는 얼떨떨한 표정으로 아내의 등을 바라보기만 했다.

"게다가 당신은 마음이 약하니까. 착한 아들이기도 하고."

아내는 손주를 간절히 원하는 시부모와 매사 그들의 뜻에 무의식적으로 부응하려 하는 나에 대해, 내 마음에 관해 길게 얘기했다. 나는 그저 가만히 듣고만 있었다. 도무지 현실감이 없었다. 그러다 나도 모르게 중얼거렸다.

"⋯⋯잘했어."

한동안 깊은 정적이 흘렀다. 그동안 내 머릿속에서는 갖가지 생각이 소용돌이쳤다. 그러다가 결국 한 가지 질문으로 응축되었다. 아내가 임신 사실을 알렸다면 어떻게 했을까? 돌이켜보니 한 번도 진지하게 아이를 낳는 문제에 관해 생각해본 적이 없었다. 그저 사랑하는 이가 원치 않는 건 나도 원치 않는다는 단순한 마음으로 아내와 뜻을 함께해온 것일 뿐이었다. 아내 말대로 내게 아이는 있어도 그만, 없어도 그만인 걸까. 한 가지 확실한 건 미증유의 생명체보다는 지금 내 곁에 있는 인격체의 의지가 훨씬 더 중요하다는 점이었다. 그 생각에는 변함이 없었다. 그럼에도 여전히 혼란스러웠다. 아내는 어떻게 내가 전혀 모르는 새 아이를 지울 수 있었을까. 그게 과연 가능한 일인가.

"그건 그냥 버리자."

아내가 고개를 돌리며 말했다. 그제야 내가 침낭을 내내 손에 쥐고 있었다는 걸 깨달았다. 침낭을 바닥에 내려놓고서 아내 곁으로 다가가 앉았다. 아내가 내 어깨에 이마를 대고서 말했다.

"그 남자, 그 남자 눈이 자꾸 떠올라."

아내는 식당에서 만난 남자 얘기를 하고 있었다.

"그 미친놈이 어떻게 알았을까."

아내는 남자가 모든 걸 꿰뚫어 봤다고 믿고 있었다. 나는 그럴 리가 없다며 한쪽 손을 아내의 머리 위에 올려놓았다. 그러자 아내가 내 손을 떨쳐내듯 고개를 흔들더니 단호한 어조로 말했다.

"당장 내려가서 짐 빼겠다고 말해. 집에 급한 일이 생겼다고 하고서."

짐을 빼는 거야 어려운 일이 아니었다. 문제는 이곳을 빠져나갈 교통편이 마땅치 않다는 점이었다. 도심으로 가는 버스가 있긴 했으나 하루에 고작 두 번 운행되었다. 이제 남은 건 저녁 7시 편뿐이었다. 게다가 올 때와는 달리 택시를 잡는 것도 거의 불가능했다. 창에게 불러달라고 하면 가능할 수도 있으나 어쩐지 그가 부탁을 들어줄 것 같지 않았다. 그런 소동이 있고 나서 갑자기 집에 급한 일이 생겼다고 하면 믿어줄 리가 없지 않은가.

나는 이런 사정을 아내에게 최대한 자세하고 부드럽게 전달했다. 의식이 다 끝났다는 점도 다시 한번 강조했다. 내 말이 끝나기도 전에 아내가 자리에서 일어났다. 말없이 나를 내려다보던 아내가 한참 만에 입을 열었다.

"당신은 정말로 다 끝났다고 생각해?"

"뭐가?"

"의식 말이야. 속죄 의식인지 뭔지 하는 거."

아내는 초조한 걸음으로 방 안을 서성이며 아직 끝난 게 아니라는 말을 반복했다. 나는 자리에서 일어나 아내를 잡아 세웠다.

"진정해. 창이 분명 그랬잖아. 해돋이를 보는 게 마지막 절차라고."

아내가 어이없다는 듯이 웃었다.

"창? 개는 아무것도 아냐. 아무것도 모른다고. 그 남자, 그 미친놈이 문제라니까? 아직도 모르겠어?"

"······알겠어. 아무튼 지금은 어쩔 수 없으니까 버스 시간까지만 기다리자."

"내가 염소처럼 느껴져."

"뭐?"

"내가 염소가 된 것 같다고."

아내의 몸이 미약하게 떨리고 있었다.

"그때도 그랬어. 그 의사가 날 어떻게 쳐다봤는지 알아?"

나는 아무 말도 할 수 없었다.

"당신이 안 하겠다면 내가 가서 말할 거야."

아내의 눈이 어느새 붉게 충혈돼 있었다. 나는 아내의 손을 붙들고 오늘 중으로 반드시 이곳에서 벗어나게 해주겠다고 약속했다. 그러니 버스 시간이 될 때까지만 잠시 눈을 붙이자고. 당장 아래층으로 내려가려 하는 아내를 붙잡아 억지로 침대에 눕혔다. 움직이지 못하도록 양팔로 꽉 끌어안았다.

"괜찮아. 아무 일도 없을 거야, 아무 일도. 다 괜찮아질 거야."

힘을 풀지 않은 채 아내의 귀에 괜찮다는 말만 반복해서 속

삭였다. 아내의 움직임이 점차 잦아들었다. 이내 내 가슴께에서 끅끅대는 소리가 들려왔다. 분노를 삭이는 소리인지 울음인지 구별할 수 없었다. 그게 무엇이든 아내는 온 힘을 다해 무언가를 뱉어내고 있었다. 그러다 지쳐 잠이 들었다.

잠에서 깼을 때 아내가 옆에 없었다. 나는 깜짝 놀라 몸을 일으켰다. 침대에 기대앉아 돌돌 말린 침낭을 실로 동여매는 아내의 모습이 보였다. 어느새 방 안이 싹 정리되고 묵직해진 배낭만이 한가운데 놓여 있었다.

"벌써 6시야."

아내가 타박하듯 말했다. 그건 내려가서 방을 빼겠다고 말하고 오라는 명령과 다름없었다. 나는 물을 마시며 목을 가다듬었다. 하얀 실로 둘둘 동여맨 침낭을 보고 있자 목구멍이 조여드는 기분이었다. 그 상태로 아내가 침낭을 배낭에 욱여넣는 걸 지켜보다가 방문을 열고 나왔다.

창과 그의 아버지는 주방에서 이야기를 나누고 있었다. 그들은 전에 없이 심각한 표정이었다. 창의 아버지가 나를 발견하고 낮은 목소리로 중얼거렸다. 보통 창이 알아서 통역해주곤 했는데 어쩐 일인지 조용했다. 내가 무슨 일이라도 있는지 묻고 나서야 그는 거실에서 잠시만 기다려달라고 말했다. 하는 수 없이 거실 소파로 와 앉았다.

그들은 한참을 이야기했다. 가만 보니 창의 아버지는 설득하고 창은 설득당하지 않으려는 것처럼 보였다. 혹은 그 반대일 수도 있었다. 둘의 목소리는 점점 더 높아졌고, 그럴수록 점점 더 비슷해졌다. 말투와 성조, 목소리를 끌어 올릴 때 짓는 표정까지 닮아 있었다. 어느덧 그들은 합의에 이른 듯했다. 순식간에 사방이 고요해졌다.

창이 냉장고 옆에 걸린 오토바이 키를 집어 들었다. 그때 창의 누이가 안방 문을 열고 나왔다. 창의 아버지가 버럭 소리치자 그녀는 깜짝 놀라며 다시 방 안으로 들어갔다. 한동안 우리는 서로 눈치만 보며 멀뚱히 서 있었다. 그러다 창의 아버지가 멋쩍은 표정으로 나를 향해 중얼거렸다. 창은 비로소 아버지의 말을 옮겨주었다.

아무 걱정하지 마라. 다 잘될 거다.

창의 통역을 믿을 수 있다면 그게 그가 한 말이었다. 나는 창에게 대체 무얼 걱정하지 말라는 건지 물었다. 그러자 창은 대뜸 아내는 어디에 있는지 물었다. 그러면서 우리가 지금 자기와 함께 바위산에 가야 한다고 말했다. 나는 잘못 들었다고 생각해서 다시 한번 말해달라고 했다. 창의 대답은 같았다. 당황스러웠다. 방을 빼겠다는 말은 미처 꺼내지도 못한 채 그 이유를 물었다. 창은 일이 조금 잘못되었는데 해결하려면 다시 바위산에 가야 한다고 말했다.

"대체 뭐가 잘못됐는데?"

창은 한숨을 내쉬며 아침에 식당에서 마주쳤던 남자에 관해 말했다. 그는 자기 마을의 샤먼 같은 존재인데, 그가 어젯밤 우리가 치른 속죄 의식이 잘못되었다고 말했다는 것이었다.

"우리가 염소를 잡은 게 실수였대."

"실수?"

"응."

창은 무슨 말을 더 하려다가 멈추었다. 그러고는 한숨을 내쉬고서 말했다.

"잘못을 바로잡으려면 오늘 중으로 너희가 직접 염소를 잡아야 해."

"우리가 염소를?"

어이가 없어서 목소리가 높아졌다. 창은 엄중하게 고개를 끄덕였다. 그러고는 지금 바위산에 가서 염소를 잡기만 하면 모든 게 끝난다고 말했다. 별것 아니라는 식의 말투였다. 나는 그의 말을 가로채며 지금 바로 방을 빼겠다고 말했다. 집에 갑자기 일이 생겼다고 둘러대지도 않았다. 그저 방을 빼겠다고만 했다. 내 말을 듣고서 창은 당황한 얼굴이 되었다. 그때까지 옆에서 가만히 지켜보고만 있던 창의 아버지가 무슨 일인지 물어왔다. 창이 힘없이 중얼거렸다. 순간 창의 아버지가 내 팔을 잡아챘다. 여태껏 그 어떤 상황에서도 고집스레 모국어로만 말하던 그가 나를 노려보며 단호하게 '노'라고 내뱉었다. 순박하던 얼굴이 일그러지며 급격히 반전되었다. 나는 그때까지 그의 얼굴을 뒤덮은 주름에서 푸근함을 느껴왔다. 하지만 그 순간에는 주름 마디마다 고인 어둠에 발이 빠져 영원히 벗어날 수 없을 것만 같았다.

"무슨 일 있어?"

내가 좀체 돌아오지 않자 조바심이 났던 것인지 아내가 아래 층으로 내려왔다. 나는 부러 한국말로 크게 '아냐. 방금 방 빼 겠다고 말했어' 하고 대답했다. 아내가 내 옆으로 와서 팔짱을 꼈다. 그러고는 창과 그의 아버지에게 미안하다는 듯이 '죄송해요. 갑자기 집에 일이 생겨서 당장 돌아가봐야 해요'라고 말했다. 아내는 그들이 뭐라 답하기도 전에 아쉽다는 말을 덧붙였다.

한동안 우리는 침묵 속에 서 있었다. 그때 밖에서 누군가 대문을 두드렸다. 창이 문을 열자 낮에 식당에서 본 남자가 서 있었다. 마당으로 걸어 들어온 남자는 현관 앞에 선 채 무뚝 뚝한 표정으로 물었다.

"레디?"

그의 한쪽 어깨에 지팡이가 걸쳐 있었고 다른 쪽 손에는 그물이 들려 있었다. 남자를 쏘아보던 아내가 대체 일이 어떻게 돌아가고 있는 거냐고 물었다. 나는 아내의 손을 잡아끌고 거실 구석으로 가서 창이 한 말을 들려주었다. 아내가 눈을 동그랗게 뜨고 물었다.

"그게 무슨 소리야? 우리가 왜 염소를 잡아?"

나도 모르겠다고 답하자 아내는 가서 그 이유를 물으라고 했다. 그러더니 황급히 말을 바꿔서 됐다고 했다.

"더 이상 장단 맞춰주지 마. 그냥 짐 챙겨서 나가는 거야. 염소를 잡으라고? 말도 안 되는 소리를 하고 있어."

아내가 내 팔을 잡아끌며 위층으로 올라가려고 하자 창의 아버지가 계단 앞을 가로막고 섰다.

"지금 뭐 하시는 거죠?"

아내는 이제 대놓고 한국어로 말했다. 창의 아버지는 조금 전 내게 그랬듯 아내에게도 단호한 표정으로 '노'라고 말했다. 창이 다가와 어서 가야 한다고 재촉했다. 아내가 소리쳤다.

"안 돼. 절대 안 돼."

창이 통역을 바라듯 나를 쳐다보았다.

"갈 수 없어."

나는 그렇게 말했다가 '캔 낫(can not)'을 '두 낫(do not)'으로 바꿔서 다시 말했다.

"안 가."

그러자 창이 난처한 표정으로 마당에 선 남자를 돌아보았다. 그는 말없이 흘러내리는 그물을 추켜올릴 뿐이었다. 다시 고개를 돌린 창이 더듬거리며 상황을 설명했다. 원래 남자는 속죄 의식을 치를 대상을 선정하고 그 방법과 절차를 알려줄 뿐 이유에 관해서는 단 한 번도 설명해준 적이 없다고 했다. 그건 마을 사람들한테도 마찬가지라고. 그가 일단 대상을 선정하고 방법과 절차를 정하면 따르는 수밖에 없다는 것이었다.

"헛소리하지 마."

아내가 창을 향해 외치며 계단 쪽으로 한 발 내디뎠다. 이제 아내와 창의 아버지 사이에는 고작 한 발자국 정도의 간격뿐이었다. 그런데도 그는 꿈쩍하지 않았다.

"비켜. 안 비켜?"

아내를 그대로 두었다가는 상황이 더 악화될 것 같았다. 나는 아내의 옷깃을 잡아끌며 잠시만 우리끼리 얘기해보자고 했다.

"무슨 얘기? 설마 저 미친놈을 진짜로 따라가려는 건 아니지?"

"그게 아니라……."

"버스 시간 30분도 안 남았어. 알아?"

나는 아내와 창의 아버지를 번갈아 쳐다보았다.

"도대체 왜! 우리가 왜 그래야 하는데?"

아내가 신경질적으로 외쳤을 때 남자가 지팡이로 현관문을 툭툭 쳤다. 다들 고개를 돌려 남자를 바라보았다. 남자는 안에서 벌어지는 상황에 전혀 관심이 없다는 듯이 말했다.

"레디?"

우리는 어이가 없어서 탄식을 터뜨렸다. 나는 아내에게 직접 저 남자와 담판을 짓고 올 테니 그때까지만 소파에 앉아 있으라고 했다. 아내는 내 눈을 바라보면서 절대 따라가겠다고 하면 안 된다고 신신당부했다. 나는 알겠다며 아내를 안심시키고는 창을 지나쳐 마당으로 내려갔다. 헐레벌떡 따라온 창이 남자에게 무어라 말했다. 남자는 나를 노려보았다. 나도 지지 않고 노려보며 말했다.

"안 가."

남자가 피식 웃었다. 나는 그 웃음을 끊어내듯 외쳤다.

"안 간다고."

무표정으로 돌아간 남자가 나를 내려다봤다. 그의 충혈된 눈자위에 서서히 핏발이 뻗쳐갔다. 잠깐 눈이 마주쳤을 뿐인데도 숨이 막혔다.

"우리가 대체 왜 그래야 하는데?"

가까스로 꺼낸 그 말을 창이 남자에게 옮겨주었다. 그러자 남자가 고개를 내젓더니 무어라 말했다. 창이 어리둥절한 표정으로 중얼거렸다.

"둘이 아니라 너 혼자 가야 한다는데?"

"뭐?"

창이 확인하듯 남자에게 말을 건넸다. 그러자 남자가 짧게 대답했다. 창이 나를 바라보며 말했다.

"맞아. 너만 가면 된대."

"무슨 소리야? 대체 왜?"

창이 내 말을 옮기려 할 때 남자가 말을 끊듯이 지팡이로 땅을 툭툭 두드렸다. 무언가를 가늠해보는 것 같았다. 그러더니 동작을 멈추고선 흡사 암송하듯 읊조렸다. 창이 그 말을 천천히 통역해주었다.

너는 아무것도 몰랐잖아. 지금도 무엇도 책임지려고 하지 않잖아.

처음에는 남자의 말이 선뜻 이해되질 않았다. 내가 대체 뭘 어쨌다고? 무의식적인 반감이 들 뿐이었다. 그러다 서서히 무언가가 체감되었다. 몇 시간 전 아내에게 들은 말이 뒤늦게 질량을 갖고 내 안에 자리 잡기 시작하는 것 같았다. 나는 한동안 멍하니 서 있다가 창에게 잠시만 기다려달라고 말했다. 창이 고개를 끄덕였다.

내가 다가가자 아내가 소파에서 일어서며 어떻게 됐는지 물었다. 나는 나 혼자 다녀오겠다고 말했다. 아내가 어리둥절한 표정으로 물었다.

"그게 무슨 소리야?"

"나만 가면 돼. 우리가 아니라."

"뭐라고?"

"당신은 안 가도 된다고."

잠시 내 말뜻을 헤아려보는 것 같던 아내가 얼굴을 굳히며 물었다.

"왜? 당신 혼자 거길 왜 가는데?"

나는 아내를 바라보기만 했다. 아내가 펄펄 뛰며 외쳤다.

"당신 바보야? 이유도 안 물어봤어? 그러고는 따라가겠다고?"

나는 아내의 양어깨를 붙잡으며 말했다.

"나만, 나만 가면 돼. 우리가 아니라, 내가. 그럼 다 끝나."

아내가 떨리는 눈빛으로 나를 보았다. 처음엔 내 안을 들여다보는 것 같던 그녀의 눈빛이 점차 자기 안을 응시하는 눈빛으로 변해갔다. 그러다 다시 내 안으로 비집듯이 파고들었다. 나는 낮은 목소리로 말했다.

"누구 탓도 아니야. 누구 잘못도 아니라고. 알겠어?"

아내를 붙든 손에 힘이 들어갔다. 아내가 천천히 입을 열었다.

"다녀와."

나는 팔을 내려 아내의 손을 꽉 잡았다. 아내는 잡힌 손을 조용히 빼더니 몸을 돌려 계단으로 갔다. 어느새 자기 아버지 곁으로 온 창이 그에게 귓속말을 하는 게 보였다. 창의 아버지가 의아한 표정을 지으며 계단 옆으로 비켜섰다. 아내는 그를 한번 쏘아보고 나서 천천히 계단을 걸어 올라갔다. 그러다 층계참에 멈춰 서서 뒤를 돌아봤다. 아내의 얼굴에선 아무것도 느껴지지 않았다. 아내는 계단 아래에 선 사람들을 내려다봤다. 묵묵히 한 사람씩 눈에 담은 뒤 내 쪽으로 고개를 돌렸다.

"내일 아침 버스. 그때까지는 꼭 돌아와."

나는 아내와 눈을 맞추려 애쓰며 고개를 끄덕였다. 아내가 방문을 닫는 소리가 들려올 때까지 끄덕거림은 계속됐다. 문은 천천히 닫혔다. 나는 창을 한번 쳐다본 뒤 마당으로 내려섰다. 남자가 무심한 어투로 말했다.

"레디?"

나는 대꾸 없이 그를 지나쳐서 밖으로 나갔다. 창이 황급히 뒤를 쫓아 나와 오토바이에 시동을 걸었다.

해는 이제 지평선과 거의 맞닿아 있었다. 낮 동안 빛을 한껏 흡수하며 시커먼 몸뚱이를 뽐내던 바위산들이 석양 속으로 뛰어들며 달궈진 몸을 식히고 있었다. 혹은 더욱더 뜨거워지고 있는지도 몰랐다. 나는 창의 오토바이 뒤에 탄 채 해가 저물자마자 순식간에 차가워지고 말 바위산의 감촉을, 그 극적인 반전의 감각을 떠올리고는 몸을 떨었다. 그곳 어딘가에 있을 염소를 잡아야만 했다. 남자가 나를 다그치듯 창의 오토바이 뒤에 바싹 붙어 쫓아오고 있었다. 그의 오토바이는 창의 것에 비해 훨씬 낡았고 더 요란했다. 오토바이 두 대가 내뿜는 소리가 어둠 속으로 사라져가는 바위산의 심정을 대변하는 육중한 비명처럼 느껴졌다. 바위산은 비명을 지르며 깨어나서 비명을 지르며 잠들고 있었다.

새벽녘 해돋이를 보러 왔던 곳에 도착했을 때는 이미 땅거미가 내려앉은 뒤였다. 박야(薄夜) 속에 우뚝 솟은 바위산은 어떤 생물체보다도 강하고 음습해 보였다. 남자는 오토바이에서 내리자마자 좌석을 젖혀 그 안에 있던 헤드램프를 꺼냈다. 그리고 내게 건넸다. 헤드램프를 머리에 두른 뒤 비춰보았을 때 그의 눈은 더는 붉지 않았다. 끊임없이 기어오르던 실핏줄들이 기어코 그의 뇌를 장악해버린 건 아닐까. 실핏줄로 옥죄인 뇌의 이미지가 머릿속을 가득 채웠다. 그 이미지는 이내 염소의 머리로 대체되더니 불꽃 속에서 번뜩이던 염소의 눈으로 바뀌었다. 염소의 눈은 붉게 충혈돼 있었다. 나는 헛구역질이 나려는 걸 간

신히 참았다. 아내가 왜 식당에서 구역질을 했는지 비로소 알 것 같았다. 그리고 왜 자신이 염소 같다고 느꼈는지도. 무언가가 자꾸만 내 안으로 욱여넣어지고 있었다.

남자는 태연히 염소 잡는 법을 알려주었다. 창은 그의 말을 통역해주다가 이내 포기했다. 그저 턱짓으로 남자를 가리켰다. 그의 몸동작을 잘 보라는 뜻이었다. 남자는 갈고리가 달린 막대기 끝으로 염소의 다리를 잡아채는 시늉을 했다. 그러고는 상상 속 염소가 넘어졌을 곳을 향해 그물을 던졌다. 단순한 동작이었다. 하지만 일이 과연 그처럼 쉽게 될까. 내가 난처한 표정을 짓고 있자 그가 대뜸 막대기로 내 발을 잡아챘다. 나는 순식간에 균형을 잃고 뒤로 넘어질 뻔했다. 남자가 손을 잡아주어서 가까스로 균형을 잡을 수 있었다. 남자는 아무 일도 없었다는 듯이 말했다.

"오케이?"

그들은 나를 앞장세우고 바위산으로 걸어 올라갔다. 헤드램프는 내 머리에 쓰인 것뿐이었다. 어느새 달이 떠 있었다. 우리는 산 중턱에 이를 때까지 염소를 한 마리도 발견하지 못했다. 창은 염소가 바위산의 굴속에서 잠들어 있을 거라고 말했다. 하지만 억지로 깨워서는 안 된다고 했다. 아직 깨어 있는 염소를 찾을 것. 내가 먼저 발견할 것. 그리고 내 손으로 직접 잡을 것. 창은 특히 마지막 두 가지를 강조했다. 내가 발견한 염소를 내가 직접 잡는 것. 그게 내 머리에 헤드램프를 씌우고 나를 앞장세운 이유였다.

하지만 염소는 좀체 눈에 띄지 않았고, 어느새 정자 근처까지 도달했다. 잠시 멈춰 서서 숨을 고르고 있을 때 창이 내 팔을 잡더니 힘을 꽉 주었다. 그의 시선을 따라가니 염소 뿔 형상의 암석이 시야에 들어왔다. 암석의 날을 타고 흘러내리는 달빛 끄트머리에 염소가 있었다. 염소는 깎아지른 절벽은 전혀 개의치 않고 한가로이 입을 우물거렸다. 헤드램프의 불빛이 향하자 염소가 이쪽을 돌아보았다. 가만 보니 아직 뿔이 채 자라지 않은 새끼 염소였다. 나는 거친 숨을 내뱉으며 고개를 돌려 창과 남자를 바라보았다. 남자가 검지를 입에 갖다 대며 조용히 하라는 신호를 보냈다. 창이 속삭였다.

"우리는 아래에 있을게. 잡고 나면 신호를 줘."

나는 놀라서 물었다.

"혼자 하라고?"

남자가 다시 한번 검지를 입에 갖다 댔다. 내가 뭐라 더 말하기도 전에 그들은 소리 없이 아래쪽으로 사라졌다.

고요는 산의 숙명이었다. 육중한 암석의 무게감이 정상을 밟고 선 내 발밑에서 요동쳤다. 금세라도 위아래가 뒤집혀 내 몸을 짓누를 것 같았다. 염소는 여전히 입을 우물거리며 나를 응시하고 있었다. 이명과 함께 속이 울렁거렸다. 나는 참지 못하고 속 안의 것을 뱉어내기 시작했다. 더는 헛구역질이 아니었다. 분명 무언가가 튀어나왔다. 그것은 곧장 산 표면의 어둠에 스며 정체를 분간할 수 없게 되었다. 구역질을 끝내고 고개를 들었을 때 막 염소의 머리를 뚫고 나오려고 하는 뿔의 표면이 달빛에 반사되어 반질거리는 게 보였다. 나는 잠자코 염소가 이쪽으로 오기만을 기다렸다. 하지만 염소는 그 자리에서 꼼짝도 하지 않았다.

나는 한 손으로 지팡이를 단단히 잡고 다른 손으로 허리춤에 두른 그물을 움켜쥐었다. 그 상태로 염소를 향해 다가갔다. 염소는 내가 코앞까지 다가갔는데도 전혀 경계하지 않았다. 나는 남자가 가르쳐주었던 대로 지팡이를 들어 염소의 다리를 잡아챘다. 염소는 너무도 쉽게 주저앉았다. 당황한 나는 그물을 놓치고, 지팡이도 던져버리고선 주저앉은 염소를 엉겁결에 양손으로 움켜잡았다. 그 상태로 넘어지자 의도치 않게 염소를 품에 안은 꼴이 되어버렸다. 작고 낯선 심장이 팔딱이는 게 온몸으로 느껴졌다. 염소는 도망치려는 듯 고개를 자꾸만 내 품에 문댔다. 그때마다 단단한 뿔의 표면이 쇄골 아래를 짓눌렀다.

나는 염소를 끌어안은 채 멍하니 누워 있었다. 어느덧 품 안에서 버둥거리던 움직임이 멈추었다. 남자가 일러준 절차는 내가 염소를 잡는 데까지였다. 그들은 이 염소로 무엇을 하려는 걸까. 이 아이도 희생시키려 할까. 염소를 희생시키면 그들이 죄라 여기는 것이 죄가 아닌 게 될까. 거기 내 몫은 얼마나 되는 걸까.

창이 나를 부르는 소리가 들려왔다. 그러자 잠자코 있던 염소가 거세게 움직이며 품에서 빠져나가려 했다. 쇄골이 부서질 것만 같은 고통 속에서 소리가 나는 쪽으로 고개를 돌리자 창의 상기된 얼굴이 보였다. 옆에서 내가 흘린 그물을 주워 든 남자가 그 끝을 그러쥔 채 천천히 다가오고 있었다.

경험은 때로 무언가에 대한 인식을 정반대로 바꾸어놓는다. 나에 겐 염소가 그랬다.

염소에 관한 첫 기억은 염소 똥을 주의 깊게 관찰한 일이었다. 할 머니 댁 뒷산에는 까만 염소 떼가 방목되어 있었는데 일곱 살 때쯤 인가, 사슴벌레를 잡으러 올라가는 길에 그만 염소 똥을 밟고 말았 다. 처음에는 까맣고 물컹한 열매를 밟은 줄로 알았다. 산딸기나 버 찌 같은 열매. 하지만 어쩐지 기분이 좋지 않아서 발을 떼고 가만히 들여다보고 있자니 할머니가 말씀하셨다.

49

"염소 똥 밟았구나."

어렸을 때는 누구나 똥 얘기를 들으면 발작하듯 좋아한다. 나 역시 웩웩 소리를 내며 즐겁게 소란을 떨었다. 그러다 주변을 둘러보니 풀밭 곳곳에서 염소들이 한가로이 풀을 뜯고 있었다. 나는 그것들이 귀엽다고 생각했다. 어떻게 이렇게 작고 동그란 똥을 쌀 수 있을까! 한동안 쪼그리고 앉아 염소 똥을 바라보았다. 자연스레 '아주 공 갈 염소 똥 10원에 열두 개' 하는 노래가 입 밖으로 흘러나왔다. 노랫말로만 알았던 염소 똥을 실제로 처음 본 데다가 밟기까지 했으니 오죽 신났을까. 지천으로 널린 염소 똥을 폭죽 터뜨리듯 밟으며 염소 떼를 향해 뛰어갔던 기억이 난다. 할머니는 나를 말리지 않으셨다. 혹은 필사적으로 말리셨지만 내 귀에 전혀 들어오지 않았거나. 그렇게 염소는 내게 '똥마저 귀여운 동물'로 각인되었다.

그 뒤로는 염소 볼 일이 드물었고 보게 되더라도 처음만큼 흥분이 따라붙지 않았다. 내가 염소에 다시 관심을 갖게 된 건 여행길에서였다. 동남아시아를 여행하다가 염소 고기가 특산물인 지역을 지나가게 되었다. 줄지어 선 가게 옆을 지나노라니 주인들이 엄지를 추켜올리며 한 번만 먹어보고 가라고 열과 성을 다해 호객했다. 그러면서 그들은 물었다.

"염소 고기, 먹어봤어?"

염소가 나한테 얼마나 귀여운 동물인데 먹어봤을 리가. 나는 가볍게 고개를 저으며 정중히 안 먹겠다는 신호를 보냈다.

한데 그런 일을 몇 번 더 겪다 보니 이상한 점을 발견했다. 염소 고기가 특산물인 지역은 대개 바위가 많았다. 염소 고기를 홍보하는 간판 속 사진에서도 염소는 바위 위에 서 있을 때가 많았다. 이 똥마저 귀엽고 온순한 동물이 바위투성이인 곳에 산다는 게 처음에는 선뜻 믿기지 않았다. 내게 염소는 널따란 초목지에서 평화롭게 풀을 뜯어 먹는 동물이었기 때문이다.

이런 내 의문을 백과사전이 명쾌하게 해결해주었다. 그에 따르면 염소의 서식 장소는 험준한 산이다. 먹이는 나뭇잎, 새싹, 풀잎 등 식물질이고 식성이나 성질이 까다롭지 않아서 사육할 때 거친 환경도 잘 견딘다. 임신 기간은 145~160일이며 한 번에 한두 마리의 새끼를 낳는데, 이는 생식이 왕성한 염소라면 1년에 두 번 반 정도 임신해서 적게는 두 마리에서 많게는 다섯 마리까지 새끼를 낳는다는 뜻이다. 게다가 갓 태어난 새끼는 생후 며칠이면 걸을 수 있고 서너 달만 지나면 번식이 가능하다.

염소의 이런 특성을 알게 된 순간, 머릿속에 한 가지 생각이 떠올랐다. 젊은 세대에게 아이를 낳을 것을 권장, 아니 거의 강요하는 어른들은 젊은이들이 염소가 되길 바라는 게 아닐까? 환경이 척박하고 먹을 게 별로 없어도 알아서 잘 살고, 그러면서도 용케 새끼는 쑥쑥 낳는 염소야말로 그들이 바라는 이상적 동물이 아닐까? 물론 젊은 세대가 진짜 염소가 되길 바라는 사람은 없을 것이다. 그런데도 이러한 상상을 한 것만으로 순간 섬뜩해졌다.

한편으론 우리 부부가 아이를 갖자 걱정된다는 듯이 이렇게 말한 또래들도 있었다.

"이런 세상에 아이를 낳는 건 미친 짓 아닌가?"

그들이 말하는 이런 세상이란 미세먼지 가득하고 혐오가 팽배하며 갖가지 위협에 노출된 세상이었다. 그들은 이렇게 말하고 있는 것 같았다. '너희는 대체 아이를 왜 낳는 거니? 둘이서도 먹고살기 힘든데 그건 애한테도 죄짓는 거 아냐?' 그날 밤 침대에 누워 단 한 번도 해본 적 없는 생각에 휩싸이고 말았다. '내가 정말 아이한테 죄를 짓고 있는 건 아닐까?' 이 순간 역시 섬뜩했다.

출산을 장려한다는 정책이 분기별로 쏟아져 나오고 저출산이 불러올 암울한 미래를 걱정하는 목소리가 높아진다. 한편 그러한 정책과 걱정을 그 자체로 압박과 참견으로 느끼는 이들도 점점 늘어간다. 이 가운데 아이는 대체 어디에 놓여 있는 걸까?

'잘 모른다'거나 '관심 없다'는 말이 때로는 '책임지지 않겠다'는 말과 같은 뜻일 수 있다는 걸 알아가는 중이다. 염소에서 출발한 화살이 결국엔 내게로 와 꽂혔다.

# 쿤스트캄머

이민진

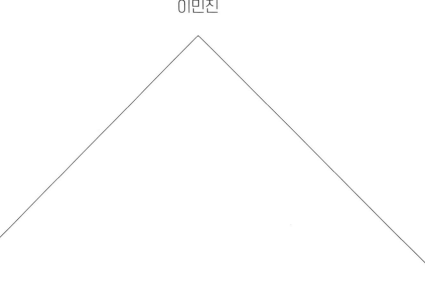

이민진은 1986년 충북 청주에서 태어났다.
2016년《문예중앙》신인상으로 등단했다.
말하고 말해진, 그 부근에서.

우리가 일찍이 이곳을 그리워한 까닭은 조만간 떠나게 되리라는 걸 알았기 때문일 것이다.

영감을 줄 수 있는 곳이면 어느 도시든 상관없었다. 지난 몇 년간의 작업물은 하나같이 불만족스러웠고 근래에는 작업량과 속도마저 지지부진했다. 사람들은 타개책으로 여행을 권했다. 여행에서 영감을 얻어본 적 없는 나에겐 해당되지 않는 처방이었다. 단지 시간의 문제다, 이번에도 벗어날 수 있다고 낙관했다. 그 생각이 바뀐 건 과거에 겪은 슬럼프와 다르다는 것을 깨달으면서였다. 이대로 가다간 미술을 그만두게 되리라는 위기감에 무엇이든 해야 했다.

예술가의, 예술과 함께, 예술적인…… 사이트에 올라온 숙소들은 자주 예술을 언급했다. 하지만 정작 그러한 면모를 발견할 수 없는 사진들로 인해 예술은 텅 빈 수식어로 남았다. 런던에서 바르셀로나로, 바르셀로나에서 파리로, 프라이부르크로…… 그렇게 여러 도시를 전전하다가 발견한 게 드레스덴 신시가지의 아파트였다.

그륀더차이트 양식의 아파트에 매료된 건 한 장의 사진 때문이었다. 거실은 낮임에도 볕이 들지 않았다. 너른 공간에는 낮은 책장과 좌식 소파, 커피 테이블이 전부였다. 박물관을 연상시키는 낮은 조도로 인해 원목 특유의 묵직함을 지닌 가구들은 하나하나 집중할 가치가 있는 전시품처럼 보였다. 발코니 너머 선명한 갈색 지붕과 하늘이 공간의 여백을 장식했다. 실내와 어우러지지 못한 채 망연히 떠 있는 모습이 마그리트의 회화 같았다. 흰 벽에 걸린 크고 작은 액자, 창가 커튼 뒤로 보이는 조각상, 선반에 놓인 서적과 음반…… 곳곳에는 집주인의 감식안을 반영한 예술품들이 놓여 있었다. 가구와 마찬가지로 그 수가 많지 않았다. 해상도가 낮은 사진은 아파트의 분위기와 채광, 인테리어 같은 정보를 제공하는 데 그치며 조각상의 디테일이나 액자 속 그림의 터치, 나아가 그것들이 품고 있는 세계에 관해선 모호함을 남겼다. 상상을 부추기는 모호함이 내게는 무엇보다 예술적으로 비쳤다.

아마도 그때부터 의식의 은밀한 작업이 시작된 듯하다. 오랜 시간을 경유하여 사진 속 장소에 도착했다. 오로지 예술의 방에 가기 위한 여행이었다. 비행기와 열차를 타고 오는 내내 나는 잠들어 있었다. 내가 가려는 도시가 어떤 곳인지, 어느 지역을 경유하는진 중요치 않았다. 그렇게 도달한 곳에서 나는 사진에서 어렴풋이 감지한 비의를 발견할 수 없었다. 나를 이끈 예술적 분위기는 어디로 간 걸까. 기념품 판매점에서 본 듯한 그림과 조각으로 채워진 공간은 앞서 실망한 숙소들과 다르지 않았다. 이곳에 머물기로 한 기간은 한 달. 새삼 무엇을 할지 막막한 가운데 약속한 기간을 채워야 한다는 의무감으로 짐을 풀었다.


옛 지인들을 만나고 돌아가는 길에 나는 작년 가을 드레스덴에서 걸려온 나기의 전화를 떠올렸다. 재충전을 위해 떠난 여행에서 나기는 과거를 정리하고 돌아왔다. "아버지 회사에 들어갔더라고. 의류 회사라는데." 그날 만난 이들은 20대 초반에 어울리던 동인들이었고, 나기는 우리 가운데 마지막으로 미술을 포기한 인물이었다.

뒤샹과 만 레이가 설립한 모던 뮤지엄에서 이름을 따온 무명작가회는 연훈 선배가 구한 개인 작업실에서 비롯되었다. 연훈 선배와 친한 사람들이 월세와 공과금을 분담하며 공동 작업실로 바뀐 그곳에서 우리는 매년 연말에 정기 전시회를 열었다. 구성원 가운데 유일하게 이론과였던 나는 같은 수업을 듣는 지원을 따라 작업실에 드나들다 총무와 기획을 맡게 되었다. 전시 때를 제외하고는 하릴없이 시간을 축내는 게 대부분이었지만 그 시기에는 딱히 의미가 필요하지 않았다. 매일 무언가에 열중해도 노력은 당장 성과로 이어지지 않았고, 우리가 작업에 어떤 의미를 부여하든 우리가 아닌 사람들에겐 무의미했다.

"근데 둘이 친하지 않았어?"

그날 술자리에서 나기의 소식을 전한 건 지원이었다. 지원은 오지랖이라는 소리를 들을 만큼 잔정이 많아서 물주인 연훈 선배와 함께 무명작가회의 구심점이었다. "예전에 책도 선물하고 그랬잖아." 나는 당사자도 잊어버린 사실을 기억하는 지원이 신기할 따름이었다.

나기는 우리 중에서도 유별난 인물이었다. 좋은 작품을 만들고 싶은 욕망과 강박은 매한가지였으나 나기에게는 지나친 데가 있었다. 그는 과제를 한답시고 모여 놀기만 하는 우리를 한심하게 여기는 듯했다. 음악을 크게 틀어도, 피자와 족발을 시켜 먹어도, 인도 여행에서의 마약 경험담을 풀어놓아도 나기는 구석에 있는 제 자리에서 벗어나지 않았다. 친해지려고 노력하지 않는 태도가 오만하게 비쳐서 심심치 않게 그에 관한 뒷말이 오갔다.

"저기."

여름방학을 앞둔 시험 시간이었다. 작업실에 들렀더니 나기뿐이었다. 어색한 침묵 속에서 지원에게 아직 수업이 안 끝났냐고 문자를 보내는데 나기가 말을 걸어왔다. 무명작가회에 입회한 지 한 학기가 되어가도록 나기와 단둘이 대화를 나눠본 적이 없었다. 저기라니. 내 이름을 모르는 게 아닌지 의심이 일었다. 그렇다 해도 섭섭하진 않았다. 고개를 들자 나기의 얼굴이 시야에 들어왔다. 평소 무심하다고 여겼던 특유의 표정이었다. 내가 휴대폰을 주머니에 넣은 뒤에야 나기는 용건을 말했다. 다음 주에 입원하게 됐는데 병원에서 나오지 못할 것 같은 기분이 든다고, 만약 방학이 끝날 때까지 자기가 나타나지 않으면 찾아와주겠냐는 부탁이었다. 나는 나기의 무표정한 얼굴에서 어렴풋한 불안과 기대, 두려움과 경계심을 읽었다. 그것들은 확실한 형태를 갖기 전에 사라지고, 여러 번 접었다 편 종이 같은 얼굴에는 곧은 시선만 남았다. 대답을 기다리는 시선이 흐릿한 얼굴에서 가장 선명했다.

정신 질환으로 입원하는 건 당시 내 주변에서 특별한 케이스가 아니었다. 무명작가회에도 낭만주의형 천재를 표방하는 이들이 있어서 우울증이니 조울증이니 떠들고 다니며 스스로 광인의 낙인을 찍었다. "헛짓거리 하지 말고." 나는 그들과 헤어지면서 담배 연기와 함께 잔소리를 내뱉었으나 진심 어린 우려는 아니었다. 예술가처럼 보이려는 과장과 허세는 탈색이나 타투와 다르지 않았다. 수업에서 레퍼런스로 다뤘던 예술가들의 광기와 불행한 삶처럼 지나면 잊힐 사정이었다. 상대방도 모르지 않았다. 그들이 원하는 것도 그런 피상적인 위로였다. "그거완 달라." 슬픔과 고통조차 특별한 것으로 남겨두려 하는 이들에게선 부정의 말이 돌아왔다. 내가 새삼 당황한 까닭은 그런 말을 한 사람이 우리 중 가장 성실하고 엄살을 부리지 않던 나기였기 때문이다. 그날 나는 나기에게 약속했다. 만에 하나 네가 병원에서 나오지 못하게 된다면 찾아가겠다고. 거기서 너를 데려오겠다고. 그러면서도 그런 일은 없을 거라고 생각했고 실제로 나기가 우려한 일은 일어나지 않았다. 다시 그런 부탁을 받은 적도, 그 일을 화제로 꺼낸 적도 없었다. 그렇게 나기와 나는 '저기'인 사이로 졸업했다.

"친해질 뻔했지."

나는 심상하게 대답했다. 왜 지원이 아니라 나였을까. 지원이었다면 분명 챙겨주었을 텐데. 아무래도 나기의 부탁은 서로 '저기'라 부르는 사이에 주고받을 만한 게 아니었다. 그러나 굳이 연유를 찾진 않았다. 이유를 알든 모르든 내 반응은 같았을 것이므로.

"금수저였다니."

지원은 배신이라며 열을 올렸다. 따지고 보면 나기가 직접 집안 형편에 관해 말한 적은 없었다. 그저 성적에 목숨을 거는 모습을 보고 주변에서 지레짐작한 거였다. 지원은 얼마 전에도 나기의 작업실에 귤 한 상자를 보냈다며 당장이라도 따질 기세더니 내가 콜택시를 부르는 사이에 실제로 전화를 걸었다. "여보세요." 뒤늦게 빼앗은 휴대폰에서 나지막한 음성이 흘렀다. 사정을 설명하면 됐을 텐데. 그런 생각이 든 건 종료 버튼을 누른 다음이었다. 나는 핑계를 고심하며 전화를 기다렸으나 지원의 휴대폰은 울리지 않았다.

대신 취한 지원을 차에 태우고 택시비를 건넸다. "야, 나도 돈 있어." 술집에서 나올 때까지 과외에서 잘렸다고 푸념하던 지원이었다. "그래, 나도 알아." 그래도 정말 괜찮은 게 아니라는 걸 알았다. 택시가 출발하기 직전에 지원이 말했다. "갚을게."

나는 문을 닫고 손을 흔들었다. 뭐라고 답하든 간에 본인이 갚았다고 생각할 때까지 지원의 부채감은 사라지지 않을 터였다. 그건 지원이 나기의 근황을 전할 때마다 내가 느낀 감정이었고, 그로 인해 끝났다고 해도 무방할 관계는 진행형으로 이어졌다.

"당신은 이곳에 있는 모든 걸 자유롭게 쓸 수 있습니다."

숙소의 호스트인 크리스티아네는 열쇠를 건네며 말했다. 집주인의 관대한 호의에도 나는 이곳을 즐길 수 없었다. 내가 느낀 실망과 무력감은 관람객들이 렘브란트의 쿤스트캄머에서 느끼는 감정과 다르지 않았다.

16세기 유럽의 초기 박물관을 가리키는 용어인 쿤스트캄머는 예술품을 보관하고 전시하는 장소에서 컬렉션 전체로 그 의미가 확장되었다. 렘브란트의 컬렉션을 본 관람객들이 당황하는 까닭은 거장의 안목을 기대하고 들어간 방에서 마주한 게 평범한 사물들이었기 때문이다. 1656년 파산 당시 렘브란트의 쿤스트캄머에는 백여 점의 소장품이 있었다. 값비싼 예술품들이 먼저 팔리고 남은 것은 예술 서적과 그리스 철학자들의 석고상, 글러브, 광물이 가득한 상자, 동인도의 물소 뿔과 해양 표본, 동물 박제, 일본과 인도에서 건너온 무기와 악기들이었다. 실상 렘브란트의 쿤스트캄머는 그림의 소재가 될 법한 흥미로운 물건들을 모아둔 창고나 다름없었다. 영감을 줄 물건을 찾아 거리와 시장을 헤매고 다녔던 화가는 그것을 한데 보관했고, 그렇게 모인 사물들의 특별함을 알기 위해선 그의 시선이 필요했다. 그게 아니면 예술의 방은 창고와 구분되지 않았고, 과거의 시선으로 보지 못하는 그곳은 이전에 지나친 숙소들과 다를 바 없었다.

지난 며칠간 내가 한 일은 발코니에 앉아 프루스트를 읽는 것이었다. 과거에도 종종 여행길에 동행했으나 읽는 건 이번이 처음이었다. 너는 책을 빌려주며 말했다. 만약 무인도에 가게 된다면《잃어버린 시간을 찾아서》를 챙기겠다고. 거듭 완독에 실패하게 되므로 남은 날들을 소일할 수 있을 거라고. 그대로 책장에 방치된 책은 빌리고 빌려준 사실이 흐릿해진 지금에 와서야 펼쳐졌다.

과거 콩브레로 떠난 너는 스완네 집에 이르지 못한 이유가 아직 프루스트를 읽을 준비가 되지 않았기 때문이라고 말했다. "너도 읽어보면 알 거야." 책을 읽는 데 무슨 준비가 필요하냐는 반문에 돌아온 대답이었다. 이제 나는 네 말의 의미를 알 듯도 했다. 나의 삶을 벗어나 타인의 삶을 알고 싶은 마음. 프루스트를 읽을 준비란 바로 그런 거겠지. 나와 너는 스스로에 관해서만 관심과 이해, 그리고 의지를 갖췄고. 나는 너에게 무인도에 갇힌 사람으로 비쳤나 보다. 낯선 도시에서도 숙소를 벗어나지 않는 건 그 때문이었을까. 네 말을 떠올리며 뒤늦게 프루스트를 건넨 의도를 추측했다. 너는 무인도에서 무료하지 않게 살아갈 방법이라고 했지만, 나에겐 책이 곧 무인도였다. 내가 낯선 도시에서 자진하여 무인도로 들어간 까닭은 그래야만 살아남을 수 있으리라는 직감 때문이었다. 책 속 인물들이 어떤 이들인지, 무슨 연유로 그런 행동을 하는지, 그래서 어떻게 되는지…… 그 무인도에서 나는 실재하지 않는 이들을 상상하며 외로이 온기를 품었다.

그러나 프루스트의 섬세한 묘사에도 불구하고 나의 시선은 자꾸만 콩브레에서 벗어나기 일쑤였다. 화자의 기나긴 설명으로도 파악하지 못한 무언가가 나를 붙잡았고 그 힘은 책의 여백으로, 다시 과거로 나를 불러들였다. 나는 젊은 시절의 목표에서 멀어졌고 내가 품었던 것들은 더 이상 치열하거나 절박하지 않았다. 내가 상실한 것은 꿈을 좇던 지난 세월만이 아니라 아름다움을 발견하는 능력이었다. 이제 느낄 수 있는 건 아름다움에 대한 기억뿐인 가운데 나는 소박한 풍경화처럼 놓여 있는 도시에서 얼마 전까지 골몰했던 세계의 잔상을 찾았다. 그렇게 관계 맺을 때만 이 도시가 아름다웠으므로.

무명작가회 사람들은 작업실 붙박이였던 나기의 부재를 의아하게 여겼다. 여름방학이 끝나고 다시 나타난 나기가 아무런 언급도 하지 않자 여행을 갔던 거라는 추측은 기정사실이 되었다. 비밀로 해달라는 부탁은 없었지만 나는 나기의 사정을 누구에게도 말하지 않았다. 홀로 안다는 것에 친밀감을 느낄 법도 한데 그보다 부담이 컸다. 아무것도 요구하지 않는데 상대방에게 뭐라도 해줘야 할 것 같은 부담감은 사랑 고백에 내포된 은근한 강요와 비슷했다. 무엇이든 줘야만 그 의무감에서 벗어날 수 있을 것 같았다. 그래서 내민 게 프루스트의 책이었다. 회상으로 이뤄진 소설을 읽기에 나는 한창 삶에 매료되어 있었다. 수업 교재가 아니면 사지 않았을 거고, 죽을 만큼 무료하지 않으면 다시 들출 일은 없을 거라고 혹평했으나 그럼에도 고전이 된 데는 이유가 있지 않겠나 싶었다. 나기라면 내가 지나친 것을 발견할지 모른다고 생각했다. 나와는 다른 세계에 속한 사람이었으므로.

3학년 2학기 이후로 나는 무명작가회 작업실에 가지 않았다. 학년이 올라갈수록 더는 무용(無用)에서 즐거움을 느낄 수 없었고, 그들에게서 높이 샀던 열정의 가치도 낮아졌다. 무명작가회도 변화를 겪었다. 하나둘 구성원이 바뀌면서도 여섯 명 정도를 유지하다가 연훈 선배가 졸업하고 이듬해에 완전히 없어졌다. 졸업 후에는 지원을 통해 그들의 근황을 전해 들었다. "여전하지." 누군가 유학을 떠나고, 직장을 옮기고, 대학원을 졸업하는 동안에도 나기는 청량리에 구한 작업실에서 나오지 않았다. 변화하는 세상에서 끈기는 퇴보로 여겨졌다. 내가 나기의 작업실에 초대받은 건 지원과도 연락이 뜸해졌을 무렵이었다.

작업실은 허름한 골목에 있었다. 약속보다 한 시간 늦게 방문했으나 나기는 막 잠에서 깨어난 상태로 철문을 열었다. 매일 최고 기온을 경신하던 여름날이었음에도 암막 커튼을 친 작업실은 어두웠다. 화구와 인스턴트 포장지가 흩어진 바닥에서 올라온 냉기는 시원하기보다 서늘했다. 나는 나기가 타준 믹스 커피를 마시며 작업실을 둘러보았다. 건물 4층에 위치한 15평 남짓의 공간은 주거 겸용이 아닌 탓에 취사 시설이 없었고 공용 화장실을 써야 했다. 가구라고는 아래층 사무실에서 버렸다는 가죽 소파가 전부였다. 걸어서 30분 거리에 본가가 있었지만 나기는 거의 들르지 않는 듯했다. 그는 미술 학원에서 주말마다 아르바이트를 하며 생계유지에 드는 비용만큼만 세상에 제 시간을 내주고 있었다. 나기의 작업실은 과거에 내가 상상한 정신 병동만큼 음습한 이미지였고 그곳에서 나기는 가만히 잊혀가고 있었다.

작업실에 들어서면서부터 나는 옛 기억을 떠올렸다. 과거의 연장선처럼 느껴지는 그곳에서 예전과 비슷한 부탁을 듣게 될지도 모른다고 생각했다. 그게 아니고서는 나를 부른 이유가 짐작되지 않았다. 언제부턴가 과거의 약속을 떠올리면 우리가 작업실을 나눠 쓰던 시절이 이어지고 있는 듯했다. 오랜 세월이 지났지만 모든 게 그대로인 것 같았고, 때로는 내가 변하지 않았다는 기분을 느끼기 위해 그 시절을 기억하는지 모른다고 생각했다. 그때의 내가 지키고 싶은 사람이었는지는 의문이지만. 만약 나기와 한 약속을 지켜야 하는 상황이 일어났다면 어땠을까. 가정일 뿐인데도 진작 약속을 저버린 기분이었다.

"나는 사회인이잖아."

그날은 내가 밥을 사주겠다며 억지로 나기를 데리고 나갔다. 나기는 지하철역과 작업실 사이에 있는 삼계탕집을 오가며 보긴 했지만 들어온 건 처음이라고 했다. 석사를 마치고 미술관에서 일하고 있으며 1년만 지나면 학예사 자격증을 딸 수 있다고, 내가 묻지도 않은 근황을 이야기하는 동안 삼계탕이 나왔다. 나기는 팔팔 끓는 뚝배기에 선뜻 손대지 못하고 밑반찬만 집어 먹었다. 뜨거운 걸 못 먹는다고 했다. 생각해보니 그랬던 것도 같았다. 우리는 삼계탕을 반이나 남긴 채 일어나야 했는데 내가 식사 도중에 받은 연락 때문이었다. 마저 먹을 시간은 된다고 말했지만 나기는 신경이 쓰였는지 수저를 내려놓았다.

"사실 인삼을 싫어해."

"말하지 그랬어."

"네가 사주는 거잖아."

나는 식당 앞에서 나기와 헤어진 뒤 택시를 탔다. 집에 들어선 뒤에야 식당에서 본 것에 관해 생각할 수 있었다. 그날 초대에 응한 건 과거의 약속에서 벗어나기 위해서였다. 하지만 식당에서 마주한 건 혹시나 하면서 지나친 진실이었다. 나기의 소매 아래 있던 흉터들은 세월이 흘렀음에도 회복 중이었다. 새살이 돋은 부분은 하얗고 일부는 죽은 것처럼 검었으나 여전히 전반에 붉은 기운이 돌았다. 내가 본 건 일부일 뿐, 날카로이 벼린 마음이 나기의 몸을 어디부터 어디까지 긋고 갔는지 짐작할 수 없었다. 과거에 그랬듯 가볍게 그 상처와 대면할 수 없었다. 삼계탕의 살점을 발라내는 와중에 머릿속에선 기억의 조각들이 떠다녔다. 나기는 이미 죽었고 내 앞에 있는 건 그 잔해를 접붙인 허상일지도 모른다는 생각이 들었다. 어느 괴이한 예술가의 작품을 마주한 기분이었다. 도무지 의도를 알 수 없고 그게 예술인지조차 의문이 드는 작품. 의문을 포함한 작품들은 혼란을 야기했고, 나는 그에 관해 말을 아꼈다. 섣불리 평가하지 않는 게 최선이었다. "미안한데 급한 일이 생겼네." 나는 주머니에서 휴대폰을 꺼내 확인했다. 나기와 함께 돌아가면 그 어두운 작업실에서 영영 나오지 못하리란 두려움으로.

고마워.

그날 밤 나는 나기의 문자를 거듭해서 읽었다. 평소 같았으면 또 보자거나 연락하겠다고 답했겠지만 다음 날로, 그다음 날로 미루다 보니 결국에는 답장하지 못했다.

불필요한 호의는 강요와 다름없었다. 크리스티아네는 숙소를 벗어나지 않는 내게 연거푸 관광 명소를 추천했고, 청소하러 들를 때마다 그곳에 가봤느냐고 물어왔다. 어쨌든 그녀는 성공한 셈이었다. 나는 그녀를 피해 숙소를 나서게 됐고, 일주일째에는 숙소가 위치한 신시가지를 벗어났다. 도시를 양분하는 엘베강을 건너자 건축 양식이 달라졌다. 크리스티아네가 말한 명소는 대부분 도시 남쪽에 위치한 구시가지에 있었다. 신시가지와 사뭇 다른 건물들이 한때 탐닉했던 도시의 비극적인 역사를 상기시켰다.

1945년 2월 13일, 연합군의 폭격으로 이 도시는 파괴됐다. 공습 당시 항공사진을 보면 웅장하고 장엄한 문양의 화염과 연기가 도시를 뒤덮고 있다. 흡사 카펫과 같이. 두꺼운 연기구름에 가린 건물에서 시민들은 연기와 고열을 피해 다른 건물로 대피하다가 죽음을 맞았다. 죽음을 채 수습하기도 전에 재건 사업이 시작되었다. 1966년과 1989년 공사 중에 무더기로 발견되었다는 사체는 지하 어딘가에 묻혀 있을 시신들을 암시했고, 그러한 사실을 떠올리다 보면 죽음이 이 도시를 떠받치고 있는 듯한 기분이 들었다.

내가 눈여겨본 것은 지난 양식의 신축 교회로, 1945년 공습으로 파괴되었다가 복원된 건물이었다. 11세기 로마네스크 양식으로 지어진 건물은 16세기 종교개혁 이후 프로테스탄트 교회로 바뀌며 더 많은 신도를 수용하기 위해 바로크 양식으로 개축되었다. 두 명의 건축가를 거쳐 어렵게 완공됐으나 한순간 수천 조각의 돌무더기로 돌아갔다. 1945년 2월 15일 오전 10시였다. 드레스덴 사람들은 건물 파편에 번호를 매겨 보관했고 그 파편들은 교회를 복구하는 데 사용됐다. 그렇게 60년에 걸쳐 공습 전의 모습으로 돌아간 교회에서 나는 흥망성쇠와 윤회 같은 생사의 법칙을 발견했다. 복원된 교회는 평화와 화해의 상징이 되었다. 교회만이 아니라 도시 전체가 복구와 재건을 상징하는 기념비와 다름없었다.

사진과 설계도를 바탕으로 재현했다는 도시의 옛 모습을 구경하면서 나는 내내 의구심을 품었다. 그 의구심은 내 과거와 무관하지 않았다. 오래전 삶이 끝났다고 생각했을 때 아버지는 이전의 나로 돌아가야 한다고 말했다. 나는 그 말에 따르면서도 그가 말하는 이전이 언제를 가리키는지 알 수 없었다. "정말이지 드레스덴은 멋진 도시였다. 내 말을 믿어도 좋다. 아니, 내 말을 꼭 믿어야 한다. 여러분이 아무리 부자 아버지를 두었어도 내 말이 맞는지 알아보려고 기차를 타고 드레스덴으로 갈 수는 없다. 드레스덴이라는 도시는 이제 없기 때문이다." 드레스덴 출신인 작가 에리히 캐스트너의 말은 정치적 수사보다 진실했다. 이 도시에 오기 전까지는 폭격 이전의 모습을 되찾으려는 노력이 당연하게 여겨졌다. 하지만 오랜 시간에 걸쳐 과거의 모습으로 돌아간 도시는 나와 같은 뜨내기 여행자의 눈에나 진실로 비치는 듯했다. 그래, 드레스덴은 이제 없다. 한 사람의 생애에 해당하는 시간에 걸쳐 과거의 모습으로 돌아간 교회는 과거와 현재, 어느 시간에도 속하지 못한 유실물로 비쳤다.

거대한 메아리였다. 교회 종소리가 광장을 메우고 흘러넘치듯 골목으로 번졌다. 그 반경만큼 커진 소리가 사라질 즈음에는 도시 전체가 거대한 소리의 형상에 안겨 있는 듯했다. 여운이 사라지기도 전에 거센 파도처럼 다시 종소리가 들이닥쳤다. 내 시선은 소리와 함께 광장을 떠돌다가 교회의 상징이자 '돌종'이라는 별칭을 가진 석조 돔에 이르러 멈췄다. 거기서 본 광장은 크고 작은 건물과 성모 조각상으로 둘러싸여 있었고, 안쪽에서 다양한 연령대의 사람들이 장기짝처럼 이동하고 있었다. 나는 노천카페의 차양 아래 앉았다. 생물에게든 무생물에게

든 공평하게 그림자를 드리운 흰색 차양이 내 그림자도 품었다. 광장에 있는 모든 것들이 그렇게 그림자가 겹친 것을 모른 채 외로이 포개어 있었다. 한 아이가 남자의 손을 잡고 광장으로 들어섰다. 비둘기를 발견한 아이가 광장 한가운데로 달려나가자 남자의 손이 황급히 아이의 뒷모습을 쫓았다. 허공에 머문 손은 아이를 잡겠다는 욕망과 체념 사이에서 방황하는 것 같았다. 남자는 야외 테이블에 자리를 잡고 기다리는 것을 선택했다. 얼마 안 가 아이가 아이스크림을 가져오는 웨이터를 발견하고 남자의 곁으로 돌아왔다.

"어디서 왔어요?"

문득 남자가 옆자리의 나에게 관심을 드러냈다. 드레스덴에 온 지 2주째였으나 개인적인 대화는 처음이었다. 크리스티아네의 관심은 호스트의 의무에 가까웠고, 캐셔와 웨이트리스와는 기능적인 문답에 그쳤다. 내가 한국이라고 대답하자 남자는 북쪽인지 남쪽인지 물었다. 남쪽이라는 대답에 고개를 살짝 끄덕였으나 정말 그 차이를 아는지 의심이 일었다. "작가입니까?" 남자가 내 테이블 위 노트와 펜을 가리켰다. 그의 관심이 부담스러웠던지라 나는 숨기듯 소지품을 챙기며 회사원이라고 둘러댔다. 잠시 나를 응시하던 남자는 이내 아이에게 관심을 돌리며 흘리지 말고 먹으라고 주의를 줬다. 아이스크림을 먹는 데 정신이 팔린 아이는 대꾸조차 없었다. 남자가 아이의 손에 황급히 티슈를 쥐여주었다.

그 모습을 지켜보니 전쟁 세대에게는 거짓과 기만으로 남은 도시의 모습이 아이에게는 고향의 풍경으로 남으리라는 생각이 일었다. 드레스덴이라는 이름으로. 드레스덴이 정말 사라졌다면 이곳을 뭐라고 불러야 할까. 그러나 도시는 건재했다. 캐스트너가 없어졌다고 말한 드레스덴은 파괴 이전을 가리키는 상징에 불과했다. 그가 이 도시에 부여한 의미야말로 건축물들의 사정과 다르지 않았다. 얼마든지 허물고 재건할 수 있었다. 한 사건을 기준으로 사멸을 논하기에 도시의 생은 광망했다. 과거로 돌아가려는 시도가 순수에 관한 왜곡된 해석으로 비치자 그림을 포기하지 않으려 했던 시간이 강박과 오기로 남았다. 광장을 떠돌던 종소리가 몸 안쪽까지 스며든 듯했다. 지난 세월이 스러지는 듯한 전율이었다. 전율과 함께 아스라한 두려움이 나를 훑었다. 나는 뚜렷해진 참사의 흔적에서 도망쳤다. 광장을 벗어나기 직전, 마지막으로 올려다본 돔에는 종이 없었다. 그것은 단지 종 모양의 돌이었다.

"나야."

전화를 받고도 한동안 누구의 목소리인지 알아차리지 못했다. 마지막으로 나기를 본 지 6년이 지났고, 부채감 비슷한 감정도 사라진 지 오래였다. 나기는 지금 드레스덴에 있다고 했다. 한국으로 돌아가면 빌린 책을 돌려주고 싶다는 말에 나기가 말하는 책이 무엇인지 한참 생각해야 했다.

과거에 내가 프루스트의 책을 주면서 빌려주는 거라고 말한 건 선물이라고 하면 보답이 돌아올 것 같아서였다. 십수 년이 지나 돌려받는 건 예상에 없던 일이었다. "그냥 가져. 어차피 잊고 있었는걸." "따지고 보면 그 책의 주인은 내가 아니야. 네가 가지고 있던 기간이 훨씬 길잖아." "정 갖기 싫으면 버리든지." 옛 추억이 담긴 물건을 떠미는 연인처럼 나는 나기와 한참 실랑이하다가 내가 일하는 미술관 앞에서 만나기로 했다.

약속은 당일 오후 취소됐다. 담당자가 갑작스럽게 사고를 당하는 바람에 내가 벨기에 출신 작가의 통역을 대신하게 됐다. 이미 나기는 지하철을 타고 오는 중이었다. 일방적인 취소였으나 나기의 반응은 담담했다. "안내 데스크에 맡기고 갈게." 만남의 목적은 나를 보는 것보다 책을 주는 데 있는 듯했다. 책을 돌려주는 게 왜 그렇게 중요한 건지 알 수 없었지만 당장 불편한 만남을 피하게 된 것에 안도했다.

나기가 안내 데스크에 두고 간 건 내가 빌려준 《잃어버린 시간을 찾아서》 1권과 새로 번역된 전집이었다. 고전이 되었다 하더라도 완독한 사람이 거의 없는 그 소설이 재차 번역되었다는 게 놀라웠다. 돌아온 책은 과거에 읽다 만 소설에 다시 도전하라는 권유 같았다. 다시 읽는다고 그 소설의 진가를 알 수 있을진 미지수였다. 미지수에 시간을 투자하기엔 해야 할 일이 많았다. 대부분 결과가 분명한 일이었고, 그것들은 나를 예측 가능한 삶으로 이끌었다. 뻔한 삶이라고 해서 무의미하지 않다고, 내가 뻔한 사람이 된 게 아니라 이전에는 알지 못했던 의미를 발견한 거라고, 과거에 포기한 책을 완독해 증명하고 싶었다. 나는 지난한 독서를 이어나갔다. 무명작가회 사람들과 만난 건 그즈음이었다.

그날 모인 사람들은 과거에 비슷한 목표를 품고 우리가 되었다. "나중에 취미로 해." 우리는 그런 말을 들으며 미술을 시작했다. 살아보니 그렇더라는 깨달음을 무시할 수 있었던 건 부모의 삶을 보며 그들이 말하는 나중은 없다는 것을 알았기 때문이다. 부모와 다른 삶을 살고 싶었던 우리에게 그들이 강조하는 안정감은 기피해야 할 감정이었다. 나이를 먹는 건 검문소를 통과하는 것과 비슷했다. 앞으로 나아가기 위해선 버려야만 하는 것들이 있었다. "언제든 다시 할 수 있잖아." 먼저 포기한 이들이 아직 포기하지 않은 이들에게 말했다. 그 말대로 포기가 끝을 의미하는 건 아니었지만 맘먹는다고 언제든 돌아갈 수 있는 것 또한 아니었다. "그만큼 했는데 안 된 건 아닌 거야." 어느새 우리는 부모에게 들었던 말들을 주고받았고, 그사이 실패와 좌절은 지극히 평범한 일로 남았다.

성공과 실패를 가르는 요인, 우리가 '한끝'이라고 불렀던 그게 무엇인지 정확히 아는 사람은 없었다. "자기 게 없잖아." 대학 시절 무명작가회 구성원들은 연훈 선배를 물주로 이용하면서도 그에게 재능이 없다고 수군댔다. 학사를 마치고 시카고로 떠난 선배는 돌아오자마자 젊은 미술가 전시에 참여하며 신진

작가의 대표 격이 되었고, 과거에 그의 단점으로 지적되던 개성의 부재는 각자 개별성을 추구하지만 정체성이 부재하는 시대의 상징으로 받아들여졌다. 반면 교수진의 찬사를 한 몸에 받았던 지원은 졸업 후 미술 학원과 과외로 생계를 이어나가며 두 차례 전시를 열었으나 주목받지 못했다. 꿈의 좌절이 인생의 끝을 의미하는 것은 아니었다. 일찍이 평론에 맞지 않는다는 것을 깨달은 나는 어떤 식으로든 예술계에 남는 것을 차선의 목표로 삼았다. 대학원을 졸업한 뒤 바로 취업했고 몇 번의 이직을 통해 경력을 인정받았다. 덕분에 주변의 부러움을 샀지만 낮은 연봉을 받으며 주말까지 일하는 계약직에 불과했다.

《잃어버린 시간을 찾아서》가 출간되기 전까지 프루스트는 난항을 겪었다. 자신의 작품에 확신이 있었던 그는 앙드레 지드가 속한 문예지 《프랑스 신비평》에 수차례 작품을 투고했지만 거절당했다. "그는 자신의 무리 속에 들어가려 했으나 그들은 그를 받아들이지 않았다." 나중에 프루스트는 성서를 차용해 그 시기를 언급했다. 결국 자비로 출간된 1부 《스완네 집 쪽으로》를 읽은 지드는 편견 때문에 프루스트의 소설을 제대로 검토하지 않은 걸 후회하며 그에게 사과와 찬사를 전달했고, 프루스트는 이에 답장을 썼다.

"오랜 고심 끝에 미지에 대한 두려움에도 불구하고 익숙해진 환경을 등지고 긴 여행을 떠날 수 있도록 만드는 것은 아주 사소하고 작은 이유들입니다. 가령 빛나는 지중해의 태양 아래서 잘 익은 포도송이를 먹고 있는 자신의 모습을 상상하던 영상은 과거의 기억 속에 못 박혀 떠나지 않게 됩니다. 그러다가 마침내는 무의식적으로 그것을 잡으러 지중해로 여행을 떠나게 되는 것입니다. 하지만 여행을 마치고 다시 집에 돌아와서 그 여행을 떠나게 만들었던 본래의 목적을 생각해보면 지중해의 태양 아래서 포도송이를 먹는 상상을 했지만 실제로 여행지에서는 그것을 실현하지 않았다는 사실을 기억해내게 됩니다. (…) 제 소설이 당신에 의해 읽히게 될 것이라는 사실이 제게는 그 먼 여행을 떠나게 만든 근원입니다. 하지만 저는 기대하지 않았던 순간에 오랜 저의 염원이 다른 형태로 현실화되었음을 당신의 편지를 통해 알게 되었습니다. 저의 기쁨은 그래서 훨씬 더 클 수 있었습니다. 당신의 편지를 읽으며 저는 '잃어버린 시간'을 되찾을 수 있었습니다."*

꿈이 언제 어떤 방법으로 실현될지 예측할 수 있는 이는 아무도 없다고, 이 또한 꿈이 실현되는 과정일지 모른다고, 우회의 방식으로 다가오는 희망은 미술을 단념하지 못하게 했다. 그리고 시간이 흘러 꿈을 지탱하던 희망은 고문이 되었다. 미술계라는 세계로 진입하고자 했던 우리는 작은 성공과 실패를 오가며 평범해졌다. 드물긴 하지만 종종 예상치 못한 방식으로 목표를 이룬 이들이 나오기도 했다. 나기라면, 우리 중 가장 꿋꿋한 그

---

* 유예진, 《프루스트의 화가들》, 현암사, 2010, 338~339쪽.

애라면……. 술자리에서 나기의 근황을 전해 들으며 나는 무심결 기다리던 소식이 있었다는 것을 깨달았다. 그날 들은 소식은 물론 기대한 내용이 아니었다. 변덕이라는 삶의 이치야말로 프루스트가 15년에 걸쳐 쓴 대작이 출간에 난항을 겪고, 오늘날 수많은 연구서와 해설서가 나오며, 사람들이 재차 그 소설을 읽는 이유였다. 또한 내가 그 소설을 전부 읽었음에도 완독했다고 말하지 못하는 이유였다.

구시가지에 다녀온 이후 광장에서 들었던 종소리가 지난 세기의 반향처럼 독서에 끼어들었다. 내가 파악하지 못한 시공간을 경유해 이제야 귓가에 도달한 듯했다. 그 종소리에 이끌려 강변을 거닐고 노천카페에서 늦은 점심을 먹은 뒤 표류하듯 도시를 헤매다 숙소로 돌아오는 하루가 반복되었다. 이곳에서도 일상이 생긴 셈이었다.

한국을 떠나면서 기대한 것은 무엇이었을까. 희미해진 동기를 되찾기 위한 여행이었다. 언제부턴가 나는 예술과 삶을 혼동했고, 양쪽 모두에서 계속할 명분을 찾지 못했다. 이제껏 내가 매료된 예술 작품들은 시대와 장소의 제약에서 벗어난 것들이었다. 같은 세계에 속하면서도 다른 세계에 걸쳐 닿는 것마다 더럽히고 부수는 시간의 손길에서 끝끝내 살아남은 작품들은 존재만으로 이제껏 보지 못한 세계의 존재를 암시했다. 내게 작업은 그 세계에 도달하는 과정이었다. 미답의 길로, 길을 만들며 가는 여정이었다. 목적지에 도달했는지 확인할 길은 없었다. 지표도, 확인해줄 사람도 없었다. 그럼에도 불구하고 계속할 수 있었던 까닭은 연이은 실패에서 위안을 얻었기 때문이었다. 주어진 이유를 알 수 없는 삶에서 죽을 때까지 할 일이 있다는 안도감이었다. 내 삶을 연장시키는 것은 성공이 아닌 실패였고, 그것을 알게 된 후에는 실패에 낙담하지 않았다. 오로지 의무감으로 남은 이곳을 떠나고 싶지 않게 된 것도 다시금 그와 비슷한 전복이 일어났기 때문일 것이다.

발코니에 놓인 원목 의자. 의자는 눈여겨보지 않으면 그 존재를 알아차릴 수 없을 만큼 평범했다. 얼마 전 산책에서 돌아왔을 때 의자가 일몰을 배경으로 서 있었다. 그날은 한낮이 유독 맑았던지라 하늘이 복잡하고 장황한 색을 고스란히 드러내고 있었다. 이제껏 수많은 이들이 일몰을 묘사했지만 가장 인상적인 건 풋내기 인류학자였던 레비스트로스가 산투스로 향하는 선상에서 쓴 글이었다. 활자를 통해 본 일몰은 사실적인 동시에 신비롭고 엄숙했다. 레비스트로스는 특유의 통찰력으로 일몰을 두 단계로 분류했다. 일몰 초반에 태양은 건축가의 역할을 맡다가 수평선 너머로 사라지며 반사광만 남을 무렵에는 화가로 변모하는데 그 화가가 그리는 것은 어둠과의 전투와 승리 그리고 패배까지의 열두 시간, 일몰에 담긴 것은 아침의 시작과 중간과 끝이었다.

하루도 작업을 게을리하지 않는 화가는 보는 이와 상관없이 성실하게 하늘을 채색했다. 흡사 무너지는 것처럼 보이는 하늘을 배경으로 의자는 이제껏 본 적 없는 기품을 발산했다. 얼마 안 가 평범한 모습으로 돌아갔지만 그 짧은 순간 나는 이제껏 떠올린 적 없는 사물의 삶을 엿보았다. 흰 시트에 희미하게 남은 얼룩과 갈색 머리카락, 침대와 벽 사이에서 나온 오리 장난감, 높이 조절 발을 단 책상 다리……. 정언처럼 여겨지는 성실함과 단순함으로 수많은 신원 미상의 여행자들을 맞이하고 떠나보낸 가구들은 묵묵히 세월을 흘려보냈다. 낮 동안 하늘을 거친 색이 일몰의 장관을 연출하듯 사물들이 거친 세월이 그것에 의미를 부여했다. 내가 이런저런 의미를 찾는 와중에도 그것들은 내 시선과 무관하게 서 있었다. 의자의 기품은 바로 그러한 태도에서 비롯된 듯했다. 그게 평범해 보이는 의자를 평범하지 않게 만들었다. 순간 내가 매료됐던 미술 작품 또한 사물이라는 사실, 너무나 당연해서 잊고 있던 사실이 어떠한 비의보다 강렬하게 다가왔다. 언젠가부터 내가 떠올리는 미래는 조금씩 바뀌었고, 근래에는 예술과 동떨어진 모습이었다. 과거에 무의미하다고 여겼던 삶으로 떠밀리는 중이었다. 그러나 죽음처럼 여겼던 일상이 첫 번째 종소리에 이어 두 번째 종소리가 울리기까지의 정적처럼 여겨지는 지금, 그 정적으로 인해 아직 귓가에 도착하지 않은 종소리가 선명해졌다.

무명작가회 시절, 연말의 정기 전시를 앞두고 나기는 그림의

한 부분이 마음에 안 든다며 며칠째 같은 부분을 고쳤다. 전시 전날까지 그림은 미완성이었다. 내가 보기에는 며칠 전과 별반 차이가 없는데 그 미세한 차이가 그에게는 중요한 듯했다.

"네가 생각하는 것만큼 큰 문제가 아니야."

"하지만 나는 알아. 이건 고쳐야 하고 내가 고칠 수 있다는 걸. 알면서 그냥 지나친다면 나를 용납할 수 없을 거야."

회사 앞에서 나기를 기다리는 동안 이해할 수 없었던 그의 집착이 떠올랐다. 그 집착을 이해할 수 있을 것 같은 지금, 나기는 갑작스러운 나의 방문을 의아해했다. 그의 양복 차림은 언젠가 선배의 장례식장에서 본 게 유일했다. 복장보다 낯선 것은 태도였다. 인근 기사 식당으로 이끄는 나기의 스스럼없는 손길에는 이전에 느껴보지 못한 힘이 실려 있었다.

"이름만 회사지, 공장이야."

제육볶음과 된장찌개가 나오길 기다리며 나기는 지갑에서 명함을 꺼냈다. 이제껏 나기에게 명함을 준 적이 없다는 사실을 깨닫고 나는 부랴부랴 명함을 교환했다. "잘 부탁합니다." 처음 만난 사이 같다고, 나기가 우스갯소리를 했다. 실제로 그런 기분이었다.

드레스덴에 관해 물은 건 입가심으로 나온 숭늉을 마실 즈음이었다. 밥을 먹으면서 한 이야기들, 익숙지 않은 회사 생활이나 지원을 비롯한 지인들의 근황은 그 이야기를 꺼내기 위한 과정에 불과했다. 잠시 머뭇거리던 나기는 드레스덴이 아니라 그곳에서 머문 숙소에 관해 말했다. 한 번도 가보지 않은 장소에 그런 기분을 느끼는 게 이상하지만 가기 전부터 그곳을 그리워했다고, 그건 분명 기대가 아니라 그리움이었다고 회고했다. 감정의 맥락을 짚을 수 없었지만 그제야 내가 알던 나기를 만난 듯했다.

"함께했다면 너도 그리워했을 거야."

나기는 진심으로 아쉬워했다. 알고 지내는 동안 그가 내보이는 진심은 내게 부담이었다. 나기가 생각하는 우리 관계는 대체로 내 생각과 달랐고, 나는 구태여 그 격차를 줄이려고 하지 않았다. 그건 지금도 마찬가지였으나 더는 그 진심이 부담스럽지 않았다. 오히려 그가 말을 잇다 마는 모습에 조바심이 났다.

"네가 준 책 읽었어."

정말 읽을 줄은 몰랐는데. 나기는 여상한 어조로 대꾸하며 숭늉이 든 그릇을 내려놓았다. 그의 시선이 가게 입구에 늘어선 대기 줄을 향했다. 그들을 의식한 나기가 물었다.

"자리 옮길까?"

근처 카페로 이동한 뒤 우리는 한 시간쯤 대화를 나눴다. 나는 하다 만 대화가 이어지길 바랐지만 나기는 더 이상 그 일을 언급하지 않았다. 지난 일을 들추고 싶지 않은 것 같기도 하고, 이제는 별로 중요치 않게 여기는 것 같기도 했다. 어느 쪽이든 대화는 내가 기대한 방향으로 흘러가지 않았다.

대학 시절 왜 지원이 아닌 내게 그런 부탁을 했냐고, 아무도 방문한 적이 없다는 작업실에 왜 나를 초대한 거냐고, 손목의 흉터는 어쩌다 생긴 거냐고, 프루스트의 전집을 건넨 이유가 뭐냐고⋯⋯ 나는 오랜 시간 쌓인 질문들을 꺼내지 못하고 돌아왔다. 생각보다 어색하지 않은 만남이었다. 어쩌면 과거에 내가 바란 모습이었으나 못다 한 대화를 나눌 수 없는 관계이기도 했다. 예전이었으면 대답을 들을 수 있었으리라는 사실이 무언가 잃은 듯한 기분을 불러왔다. 하지만 인정해야 했다. 만약 나기가 뒤늦은 질문에 답했더라도 과거에 들었을 대답과는 달랐으리라는 것을. 기억을 반추하면서 내가 그 시절의 막연한 두려움을 이해하지 못하듯, 기억 속에 있는 이들은 우리에게 속해 있지만 우리가 아닌 이들이었다.

가까워지거나 멀어지는 일 없이 일정 거리를 유지할 것. 학창 시절 나의 지침이었다. 지나치게 대상에 감정을 이입하면 객관성을 잃게 된다는 지도 교수의 경고 때문만이 아니더라도 나를 잃어버릴 것 같다는 두려움이 있었다. 그 지침은 감상자의 위치를 지정하는 미술관의 제한선처럼 다른 개성을 지닌 우리가 서로를 침해하지 않기 위해 지켜야 할 거리를 알려주었다. 한 번도 주의를 받아본 적 없는 나는 모범적인 감상자였다. 대신 규칙을 잊을 만큼 작품에 몰입한 적도 없었다. 그래서 나는 지금 무사한가. 그토록 지키려 했던 나는 누구인가. 자문하다 보니 그것이야말로 내가 나에게서 멀어진 원인 같았다.

\*

    그날 전시 준비를 하던 우리는 말다툼을 벌였다. 작품 배치가 문제였다. 각자 생각하는 전시 흐름이 달랐고, 지원과 나는 좀처럼 이견을 좁히지 못했다. 날이 선 감정도 풀 겸 간단하게 캔 맥주나 마실 요량이었으나 편의점에서 호프로, 포장마차로 술자리가 이어져 작업실로 돌아갈 즈음에는 모두 취해버렸다. 자꾸 풀밭과 전봇대 아래 드러눕는 지원 때문에 돌아가는 길이 더욱 늦어졌다. 그나마 덜 취한 연훈 선배와 내가 지원을 억지로 일으켜 끌고 가는 동안 나기는 우리와 떨어져 걸었다. 그는 호프집에서부터 말이 없었는데 취한 것도 같고 아닌 것도 같았다. 그때까지도 그림을 완성하지 못한 나기는 작품을 내지 않기로 했다. 어차피 아무도 기억하지 않을 거라고, 그러니 일단 내라고 설득했지만 결심이 완강했다.

    "지친다, 지쳐." 지원이 학교 진입로의 중앙선에 누웠을 때는 선배와 나도 자포자기해서 그 옆에 뻗어버렸다.

    "나 화 안 났어." 지원이 말했다.

    "화났네." 연훈 선배가 대꾸하자 지원은 선배한테 말한 게 아니라며 짜증을 냈다. 조금 누그러진 음성이 이어졌다.

    "틀린 말은 아니니까."

    의도와 결은 다르다고, 네가 생각하는 만큼 작품에서 드러나지 않는다고, 내가 했던 말이 지원에게 상처가 된 듯했다. 그럴 의도는 아니었지만 결과적으로 지원은 상처받았다. 서로 평가하고 평가받는 게 공부이자 일상인 시기였다. 우리는 작품에 관한 평가를 자신에 대한 평가와 혼동하며 부지기수로 상처받았다. 정직하기에 서로에게 좋은 사람이 아니었고, 그런 우리가 함께하기 위해선 진심은 곤란했다. 다행히 살아가는 데 진심은 의무가 아닌 선택 사항이었고, 우리는 빠르게 그 사실을 깨달았다. 그렇게 진심을 가장하며 혼자가 되어갔다. 막연히 서로의 성공을 기원하면서도 다른 사람이 먼저 성공하는 게 아닌지 주변을 기민하게 살폈다. 노력보다는 말이 앞설 때가 많았다. 가끔은 예술 그 자체보다는 예술가의 이미지를 사랑하는 것 같다고 생각하며 서로의 성공을 불신했다. 마치 행복의 총량이 정해져 있는 것처럼 나와 무관한 성공도 순수하게 축하하지 못했다. 그게 우리의 우정이었고, 그걸 알면서 함께했던 우리였다. 단지 바라보는 방향이 같다는 이유로.

도로에 눕는 건 혼자라면 하지 않았을 일이지만 함께여서 할 수 있었다. 누워서 마주한 밤하늘은 서 있을 때보다 가까이 여겨졌다. 별인지 인공위성인지 모를 빛이 없는 것과 마찬가지로 흐릿하다가 집요하게 바라보니 점차 밝아졌다. 버티기만 하면 조금씩 넓어지는 빛의 반경으로 들어설 수 있을 것 같았다. "자네 인생 위에 언제나 하늘 한 조각은 지니고 있도록 애써보게." 당시 과제로 읽은 프루스트의 소설에서 그나마 기억하는 건 그 유명한 마들렌 장면이 아닌 르그랑댕의 대사였다. 르그

랑댕이 말한 하늘 한 조각이 그날 밤 머리 위에서 위태롭게 빛나고 있었다. 동시에 그것은 소설과 마찬가지로 기나긴 여정의 도입부에서 우리가 품었던 비합리적인 희망을 상징했다. "춥다, 가자." 다시 몸을 일으키며 우리는 옷에 묻은 흙먼지와 함께 불안과 우울을 털어버렸다. 한 시간 가까이 차가 우리를 짓뭉개고 지나가지 않은 우연을 낙관 삼아서.

정말 경계해야 했던 건 전조등을 켜고 달려오는 차나 옆 사람이 아니라 우리를 가호하는 것 같았던 하늘 한 조각이 아니었을까. 때때로 나는 그날 밤을 떠올리며 생각했다. 그 하늘 한 조각이 다시 나타난 지금, 과거와 마찬가지로 아름다움은 나를 이곳으로 데려왔다. 드레스덴 노이슈타트 역에 위치한 그륀더차이트 양식의 아파트로.


"너도 그리워했을 거야. 나와 함께했다면."


가정법은 이상하다. 그 말은 드레스덴과 더불어 우리가 함께한 시기를 가리켰다. 나는 한 번도 방문한 적이 없었던 이곳을 언젠가 방문한 것 같았다. 그 기시감으로 이제껏 나기와 함께한 기분이었다.

수많은 여행객이 머물다 간 숙소에서 나기의 자취를 찾았다. 같은 장소였지만 많은 게 달랐다. 발코니에는 노란색 플라스틱 의자가 놓여 있었다. 크리스티아네는 취한 호주인들이 원목 의자를 부러트렸다고 했다. 숙소에 머무는 동안 나는 발코니에서 나기가 보았을 풍경을 바라봤다. 어디로 향하든 내 시선에는 의구심이 따라붙었다.

쿤스트캄머가 그 시기를 은유했던 것인지 모른다고 생각한 건 나중 일이다. 그건 내가 처음으로 기획한 전시의 제목이었다. 무명작가회에 들어가자마자 전시를 맡게 된 나는 각기 다른 개성을 지닌 작품들을 묶기 위한 전시 테마로 언젠가 렘브란트를 다룬 서적에서 봤던 쿤스트캄머를 떠올렸다. 일주일간의 전시는 우리만의 파티로 끝났고, 뒤풀이에서 나는 누군가 가져온 와인을 진탕 마시고 생애 처음 필름이 끊겼다. 현장에서 일하는 지금에 비해 어설프기 그지없었던 그 시기가 아이러니하게도 내 삶에서 예술에 가장 근접했던 시기로 여겨졌다. 이제 너무 멀어진 시절은 모나리자의 미소 같은 모호함을 품고서 나를 맞았다. 내가 거기서 마주한 것은 확신할 수 없는 아름다움. 아름답다고 생각한 그 시절이 과연 아름다웠는지, 마치 내가 지어낸 허구처럼 여겨지는 가운데 수수께끼로 남은 그 시절의 우리는 다시금 나를 과거로 불러들였다.

지금 그 시기를 떠올리면 작품은 희미하고 그것을 만든 사람들만 선명하다. 기억 속 우리가 하나의 작품 같다. 첫 학기에 나는 사람들이 말하는 작품의 의미를 알 수 없었고, 어떤 의미든 발견해야 한다는 강박으로 작품을 대했다. "애써 힘들게 이해할 필요 없다." "감상자의 노력을 요구하는 작품은 좋은 작품이 아니다." 교수의 코멘트가 추가되어 돌아온 감상문은 불필요한 노력이 되레 독이라는 증거였다. 객관성과 중립성. 이후 내가 고수했던 거리야말로 나의 태만과 이기를 가장하기 위한 변명이 아니었는지, 시간이 지나 알게 된 나의 한계였다. 그 시절의 내가 오점으로 남은 지금, 그 오점이 이후의 변심이나 포기보다 애석한 것은 더는 그 시절을 아름답게 회상할 수 없기 때문이다. 창작과 마찬가지로 감상에도 노력과 영감이 필요하다고, 나는 그 시절을 회상하며 과거의 나에게 반박했다. 나라는 형식에서 벗어나 나기의 시점으로 그 애가 그런 부탁을 할 수밖에 없었던 사람을 찾고 싶었다. 그 사람을 만나면 오점처럼 남은 나를 지나칠 수 있을 것 같았다. 내가 사라지면 찾아와달라고, 다시 떠올린 나기의 부탁은 구명줄 같았다. 나약한 우리가 저마다 흔들리는 가운데 세상에 휩쓸리지 않기 위해 연결한 줄. 사실 상대가 누구인지는 중요하지 않았던 게 아닐까. 좋은 사람이든 나쁜 사람이든 의지할 수밖에 없다는 절박함으로 내게 손을 내민 게 아니었을까. 나기를 구한 손, 도무지 내 것으로 여겨지지 않는 그 손처럼 우리는 정말 함께한 게 아니었을까.

회상에서 돌아올 때마다 세상은 황혼이다. 하늘이 온종일 품었던 빛깔을 전부 펼쳐 보이는 일몰은 복잡하고 미묘하지만 동시에 솔직하다. 황금빛이 섞인 주황색이 한낮의 열기처럼 남아 있는 가운데 세상은 가장자리부터 검푸른 어둠에 잠겨간다. 하늘이 무너지는 듯한 광경은 착시일 뿐 도시는 건재하다. 나를 잠식할 것 같았던 어둠과 마주 볼 수 있는 건 그 어둠에서 멀어졌기 때문이 아니라 매일 겪으며 익숙해졌기 때문일 것이다. 지금 잃었다고 느끼는 것들과 다가올 시간에 다시 찾을 수 있는 것들, 그러나 또다시 잃게 될 것들. 어둠에서 나는 오래전 읽지 못한 이야기를 읽는다. 지금 이 순간을 그리워하는 까닭은 매 순간 나를 떠나며 나에게서 멀어졌기 때문일 텐데, 과거의 우리를 어떻게 규정하든 저기를 상상하며 떠났다 저기로 남은 우리는 단지 저기를 좇는 이들에 불과할지 모른다. 그렇게 이곳을 떠나 모든 게 희미해질 무렵에 돌아올 사람. 나는 미시감을 느끼며 지난 풍경을 응시하고 있을 그 사람을 위해 서표를 남긴다. 이 순간을 향한 그리움으로. 그 가름끈에서 읽다 만 너의 이야기가 시작되었다.

백현진, 〈그 근처 1-02〉, Risograph printing, 2017

2018년 여름, 나는 유럽 여행을 계획했다. 8월 말에 떠나 독일 드레스덴, 프라이부르크, 스페인 바르셀로나를 거쳐 돌아오는 여정이었다. 항공권과 기차표, 숙소 예약까지 끝냈을 무렵 여행이 취소됐다.

여행을 좋아하고 자주 다녀오는 지인들은 안타까워했다. 그들은 매번 내게 작은 기념품을 선물했다. 시애틀에서는 자석, 칸쿤에서는 시가, 파리에서는 양말과 에코백, 이스탄불에서는 샴푸, 모스크바에서는 마트료시카, 하노이에서는 인스턴트 쌀국수, 발리에서는 사프란과 육두구, 스타아니스 같은 향신료들……. 그렇게 많은 선물을 받는 동안 나는 한국을 떠나지 않았다.

그간 여행이라면 억지로 가게 된 게 대부분이었다. 이번에는 피치 못할 사정이 있었지만 내심 취소된 것을 다행으로 여겼다. 산은 산이요, 물은 물이요, 사람 사는 곳은 다 비슷하다. 왜 여행을 싫어하냐는 물음에 나는 그렇게 대답해왔다. 농담처럼 말했지만 낯선 환경에 별다른 감흥을 느끼지 못하는 게 사실이었다. 여행을 취소하고 나서도 위약금이 아깝다고만 생각했다.

방문 예정이었던 도시 가운데 가장 가보고 싶었던 곳이 드레스덴이었다. 드레스덴에서 뭘 보고 싶었는지 생각하면 숙소가 떠오른다. 그 아파트는 내가 예약한 숙소 가운데 가장 마음에 드는 곳이었다. 특유의 분위기가 어딘가 익숙한 동시에 '예술'이라는 단어를 떠올리게 했다. 아이러니하게도 내가 그 숙소에 품었던 감정은 기대가 아니라 그리움이었다. 한 번도 가본 적 없는 장소를 향한 그리움은 무엇일까. 의문과 함께 소설은 시작되었다.

민망하게도 나는 내가 쓴 소설을 기억하지 못하는 편이다. 누가 과거에 쓴 소설에 관해 물으면 그것을 찾아 읽어야 대답할 수 있을 정도다. 책으로 나올 즈음에는 이 소설도 잊어버렸을 확률이 높다. 부끄러운 사정에도 나름의 장점은 있는데 시간이 지나면 내 소설을 다른 사람의 작품처럼 읽을 수 있다는 것이다. 여행을 취소할 때 느끼지 못했던 아쉬움을 그즈음에는 느낄 수 있을까. 그때 내가 소설 속 아파트에 품을 낯섦과 그리움의 결은 지금과 다를 것 같다. 어쨌든 그건 나중 일이고, 이 소설에서 떠나려는 지금은 내가 그랬듯 많은 이들이 한 번도 가본 적 없는 소설 속 아파트에 그리움 비슷한 감정을 품길 바랄 뿐이다. 그곳의 호스트 크리스티아네의 말대로 "모든 것은 허락되었고 당신은 그곳을 마음껏 사용할 수 있다". 각각의 모습은 다르겠지만 전부 드레스덴 신시가지에 위치한 그륀더차이트 양식의 아파트로 불리는 그곳에서 이 글을 부치며.

Auf Wiedersehen!

# 물결 벌레

최영건

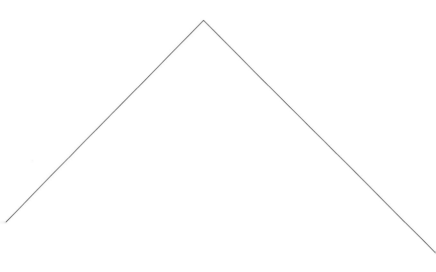

최영건은 1990년 전북 익산에서 태어났다.

2014년《문학의 오늘》신인문학상으로 등단했다.

장편소설《공기 도미노》가 있다.

자고 일어나면 내일이 오겠죠.

기차의 흔들림이 느껴졌다. 남자가 다가와 안쪽 자리로 들어갈 공간을 내주길 부탁했을 때, 나는 마침 책의 마지막 장을 읽던 중이었다. 오후가 아직 저물지 않았으나 차창 밖은 어두웠다. 겨울이 가까워지자 낮은 어김없이 짧아져가고 있었다. 객실 안은 난방 기구와 사람들의 체온으로 부화기 안쪽처럼 따스했다. 나는 달걀이 아니므로 부화기 안에 직접 들어가본 적이 없다. 하지만 부화기 내부가 어미 닭의 품처럼 따뜻하다는 사실은 알고 있었다. 기차 안은 어느 짐승의 품속처럼 안온했으나 창밖에는 싸늘한 어둠이 스며들고 있었다. 남자는 무릎을 스치며 걸음을 옮겨 창가 쪽 좌석에 자리를 잡았다. 그에게서 담배 냄새와 비슷하지만 그보다 더 짙고 쓴 냄새가 풍겨왔다. 잡초와 낙엽, 잘라낸 나뭇가지를 한데 모아 불태울 때 풍기는 냄새 같기도 했다. 전화가 걸려온 것은 남자가 자리에 앉고 난 직후였다.

그는 겉옷 주머니에 손을 넣어 휴대폰을 꺼냈다. 고개를 돌리고 주위 눈치를 보듯 나직한 목소리로 전화를 받았다. 나는 가슴에 기대두었던 책을 다시 펼쳐 들었다. 그러나 남자의 목소리가 자꾸만 귀에 들어와 책에 집중할 수가 없었다. 기차는 쉬지 않고 덜컹거렸다.

"왜 자꾸 전화를 하는 거지? 그러다 일이 망쳐질 거라고 말했을 텐데."

내가 귀 기울이고 있다는 사실을 눈치챈 것인지 그가 힐끗 눈길을 던졌다. 그와 눈이 마주친 나는 애써 태연한 시늉을 하며 책장으로 눈길을 돌렸다. 남자는 몇 마디 말을 더 내뱉다가 신경질적으로 통화를 마쳤다.

"내 쪽에서 다시 연락할 테니 기다리고 있어."

통화가 끝나자 차체의 기계음이 한층 거세진 듯 느껴졌다. 나는 그제야 불현듯 남자의 얼굴이 마음에 걸리기 시작했다. 그의 인상은 기묘하고도 섬뜩했다. 근본적으로 균형이 어긋나버린 사물을 마주하는 기분이었다. 게다가 그 끈적한 느낌은 기시감을 동반하고 있었다. 나는 기억을 더듬어 이전에 그와 마주친 적이 있는지 떠올려보았다. 기억은 잿더미를 떠다니는 회색 연기처럼 탁하고 어둡기만 할 뿐이었다. 그에게 직접 우리가 이전에 접점이 있던 사이였는지 물어보고 싶기도 했다. 그러나 쌍방이 잊고 있던 과거를 군이 들춰볼 필요는 없다는 생각이 의문을 앞섰다. 나는 잠자코 책으로 주의를 돌렸다.

"저어, 혹시 예전에 뵌 적이 있지 않던가요?"

남자가 불쑥 고개를 내밀며 물었을 때, 나는 순간적으로 손에서 책을 떨어트리고 말았다. 작고 얇은 책은 내 손목과 의자에 연결된 간이 선반에 차례로 부딪힌 뒤 바닥으로 굴러떨어져 남자와 나의 다리 사이에 펼쳐졌다. 나는 책을 주우려 좁은 틈으로 볼썽사나울 만큼 구부정하게 몸을 굽혔다. 그러나 책으로 손을 뻗으려 하는 순간, 손보다 앞서 남자의 구둣발이 불쑥 책 표지를 밟았다. 나는 놀라고 당황해서 남자를 바라보왔다. 그는 나의 눈길을 의식한 듯 미안한 얼굴로 발을 치웠다.

"아, 죄송합니다. 기차가 흔들려서요."

그의 진심 어린 듯한 사과에 나는 할 말을 잃었다.

"정말 죄송합니다."

몸을 바로 한 뒤 남자가 밟았던 책의 상태를 확인해보니 안타깝게도 책은 순식간에 엉망이 되어 있었다. 떨어지면서 안쪽 페이지들이 구겨진 것은 물론, 표지에는 거무스름하게 발자국까지 찍혀 있었다.

"더러워졌나요?"

"그런 것 같네요."

기분이 상한 나는 무심코, 처음에 남자를 보고 위축되었던 것조차 망각하고서 짜증스럽게 대꾸를 뱉었다. 처음 출판될 때부터 극소량만 제작되었던 것인지 이제 어느 서점에서도 쉽게 구할 수 없는 책이었다. 그나마 정보가 기재되어 있는 몇 군데 인터넷 서점에조차 절판이라는 사실만 게시되어 있을 뿐이었다. 그렇다고 절판된 책을 모으는 수집가들에게 큰 가치를 지닐 법한 책도 아니었기에 중고로 구하는 것 또한 무리였다. 아마도 어느 작가가 사비를 들여가며 소형 출판사에 의뢰하여 인쇄해낸 책일 것이다. 그럼에도 나는 이 책의 제목이며 엉성한 내용에 꽤나 매력을 느끼고 있었다.

"정말 죄송합니다. 속상하시겠어요."

사과처럼 들리면서도 묘하게 거슬리는 말투였다. 목소리 때문일지도 몰랐다. 부드럽고 조심스러운 동시에 듣는 것만으로도 돌연 마음이 불안해져버리는 목소리인 것이다. 나는 고개를 돌려 남자가 어떤 표정으로 나와 책을 바라보고 있는지 확인했다. 단정한 얼굴에는 곤란한 듯한 미소가 지어져 있었다. 어째서일까, 그 표정 또한 목소리처럼 딱히 흠잡을 데가 없는데도 정체 모를 통증을 유발했다. 관자놀이에 둔통이 느껴졌다. 이번에야말로 남자에게 물어보고 싶었다. 이 기시감의 정체가 무엇인지, 우리가 만난 적이 있는 것은 아닌지.

때맞춰 기차가 역에 들어서고 있다는 방송이 울려 퍼졌다. 알림은 두 번 반복되었다. 내려야 할 역이었다. 나는 희미한 두통을 떨쳐내며 책을 가방에 집어넣었다. 순간 표지 귀퉁이에 아주 작게 쓰인 제목이 새삼 눈에 밟혔다.《물결 벌레》. 옆 좌석의 남자가 내릴 준비를 시작한 것은 바로 그때였다.


《물결 벌레》는 제목 그대로 벌레가 등장하는 내용의 소설이었다. 한 남자가 어느 시골 마을을 둘러싼 산에서 인적이 없는 샘을 발견한다. 얼음 결정처럼 맑은 샘에는 누구도 발견한 적 없던 벌레가 살고 있다. 곤충을 연구하던 남자는 발견에 흥분하며 그 사실을 수도의 동료들에게 알리고, 동료들은 그에게 축하를 건네며 방문을 약속한다. 그런데 벌레를 발견한 다음 날, 어딘가에서 그 소식을 전해 듣기라도 한 듯 마을 주민 여자가 홀연히 그를 찾아와 그 벌레에 얽힌 전설을 전해준다. 전설에 따르면 벌레는 오래전 그 샘에서 익사한 시신으로부터 부화한 생물이다. 그것은 아주 가끔씩만 사람의 눈앞에 모습을 드러낸다. 그것을 본 사람의 생애는 결코 이전과 같을 수 없다. 그 벌레는 누군가의 죽음 없이는 알을 낳을 수 없으며 오직 알을 낳기 위해서만 사람의 눈앞에 모습을 드러내기 때문이다.

남자는 오싹한 이야기에 아연하면서도 그 이야기를 마을의 미신으로 치부한다. 벌레는 아주 작지만 선명한 청금색으로 빛나기 때문에 몹시 눈에 띈다. 벌레가 뒤꽁무니에 반딧불 같은 불을 밝힐 때면 어둠 속에서도 그 작은 도깨비불 같은 청금색 몸뚱이가 번뜩거린다. 소설은 산에 둘러싸인 시골 마을의 점도 높은 어둠, 길고 느리며 우울한 밤, 여자와 남자의 괴이한 마주침 들을 그리는 데 많은 분량을 할애하고 있었다. 사람의 몸에는 물이 흐르는 좁은 길들이 있다. 그 길을 따라 흐르는 붉은 물결을 타고 벌레는 알을 낳는다. 소설 후반부에 이르러 남자는 우연한 사고 끝에 서울에 도착하기 전 소중한 벌레를 잃어버리고 만다. 벌레는 갑작스럽게 열려버린 채집통에서 기어나가 홀연히 날아가버리고, 망연자실한 남자는 다시 벌레를 찾기 위해 마을로 돌아간다.

나는 마지막 장에서 벌레가 다시 나타날 것이라고 예상하고 있었다. 이번에 그것은 다른 어느 장소도 아닌 남자의 몸속에서 기어 나올 것이다. 혈관을 물길로 묘사하는 소설의 집요한 서술은 이미 그 물결을 타고 부화한 벌레가 태어난 장소로 회귀하고자 할 것이라는 사실을 암시해 보이고 있었다. 회귀에 성공했을 때 벌레는 더 이상 한 마리가 아닐 것이다. 남자의 피부 아래서 부화한 알들이 수십, 수백 마리의 벌레로 깨어나 살을 뚫고 나올지도 모른다. 소설의 배경은 언제나 밤인 것처럼 느껴질 정도로 고집스럽게 검었다. 식물과 돌, 흙에 그 형태를 의탁한 시골의 어둠은 태양마저 척척하게 젖은 칠흑으로 집어삼켰다. 찾아오기로 약속했던 남자의 동료들은 어떻게 된 것일까? 소설에는 이상할 정도로 등장인물이 적었다. 남자와 여자, 그리고 벌레뿐이었다.

기차에서 내렸을 때 주위는 보랏빛에 가깝도록 푸르스름했다. 나는 대합실을 지나쳐 밖으로 나왔다. 역사는 늪지대처럼 보이는 풀숲 한가운데 세워져 있었다. 습도 높은 밤기운이 내리깔린 수풀 사이로는 작은 개울이 흘렀다. 주말이었으나 역은 한산했다. 역사 안과 바깥 어디에도 나를 기다리는 사람은 보이지 않았다. 어찌 된 영문인지 역 앞은 텅 비어 있었다. 건물 앞 보도와 그리 넓지 않은 주차장, 그것을 감싸듯 펼쳐진 수풀 어디에도 사람의 그림자는 보이지 않았다. 내 곁으로 다가오는 것은 조금 전 기차에서 같이 내린 그 남자뿐이었다. 남자는 역사의 창백한 불빛 아래서 천천히 걸음을 옮기며 나를 향해 미소를 건네왔다.

"혹시 여기 분이신가요?"

나는 방어적으로 얼굴을 굳히며 대답했다.

"아닌데요. 왜 그러시죠?"

"아까도 말씀드렸지만 전에 뵌 적이 있는 분 같아서요. 제 고향이 여기거든요. 지금은 가족 모두 멀리 떠나버렸지만요. 아무튼 괜한 걸 자꾸 여쭤봐서 죄송합니다."

서서히 저녁이 다가오고 있었다. 쌀쌀하고 눅눅한 공기, 거기 섞여 있는 비 기운이 느껴졌다. 열차 안에서는 미처 몰랐으나 공기 중에는 곧 쏟아질 비 냄새가 가득했다. 그와 더불어 희미한 분뇨 냄새가 풍기고 있었다. 근처 축산 단지에서 묵직한 바람에 기대어 번져온 냄새 같았다. 친구의 집은 축산 단지 너머에 있는 작은 마을에 자리 잡고 있다고 했다. 친구 말대로라면 그곳은 논밭 깊숙이 존재하여 버스조차 제대로 닿지 않는 마을이었다. 얼마 전 돌이 지난 친구의 아이에게 그 마을의 냄새는 평생 고향의 냄새로 기억될 것이다. 빗물과 흙, 분뇨, 작물과 들짐승의 냄새.

"혹시 ㅇ 마을이 어느 쪽인지 아세요?"

나는 충동적으로 남자에게 마을에 대해 묻고 말았다. 그는 분명 그 마을을 알고 있을 것 같았다. 어째서인지 그런 확신이 들었다.

"아아."

남자는 놀란 듯한 표정을 지었다.

"ㅇ 마을로 가시는군요. 우연이네요. 저도 마침 그 동네로 가거든요."

그는 망설이다가 미소를 띠고 말했다.

"일행분이 오시기로 한 게 아니라면 저랑 같이 가실래요? 여기서 버스 정류장까지 꽤 멀어서요. 택시를 탈 생각인데."

"택시가 바로 오나요?"

"네. 저기 오고 있는 것 같아요."

남자가 손을 들어 도로 쪽을 가리켰다. 그제야 땅거미가 내리깔린 횡한 2차선 도로를 달려 이쪽으로 다가오는 택시 한 대가 눈에 들어왔다. 나는 남자에게 양해를 구하고 친구에게 전화를 걸어보았다. 이상하게도 친구는 전화를 받지 않았다. 내가 알고 있는 것은 그의 휴대폰 번호뿐이었다. 더는 연락해볼 곳이 마땅치 않았다. 기차에서 내린 순간부터 이 생소한 장소에서 돌연 한 발짝도 내디딜 수 없게 된 느낌이었다.

"어떻게 하실래요?"

남자가 조심스럽게 말을 건네왔다. 금방이라도 비가 쏟아질 것 같았고, 나는 우산이 없었다. 역으로 돌아가 하염없이 친구를 기다리다 보면 이곳에 오기로 한 결정을 후회하게 될 것 같았다. 여기에 오기까지 나는 이미 많이 망설이고 고민했다. 어떤 얼굴로 친구를 보아야 할지 알 수 없어 번잡한 기억들을 헤집어야만 했다. 그는 대체 어떻게 된 것일까.

"잘 생각하셨어요."

내가 조수석에 올라타자 밖에 서 있던 남자가 차 문을 닫았다. 뒷자리에 탑승한 그가 기사에게 마을 이름을 말했다. 기사는 나를 힐끗 곁눈질하더니 차를 출발시켰다. 차가 달리기 시작한 지 얼마 안 되어 비가 쏟아지기 시작했다. 마을에 도착해봤자 친구의 집이 어디인지 알지 못한다면 또다시 갈 곳을 잃게 될 것이다. 나는 차가 빗속을 달려 과수원과 밭, 얕은 산의 묘지들을 지나친 뒤에야 비로소 그 사실을 깨달았다. 차라리 역에 남아 있어야 했다. 거기서 친구를 기다릴 수도 있었을 것이다. 막연한 기다림을 견디고라도 이곳에 오기로 한 선택에 책임을 져야만 했다. 아니면 나는 또다시 여기서…… 머릿속이 아득해졌다. 야트막한 산을 끼고 커브를 돌자 검은 빗속에서 불이 타오르고 있었다. 무엇을 소각하는 불인지, 주홍색 불꽃은 겨울비에 젖어들면서도 소름 끼치도록 선명했다. 연기와 그을음 냄새가 순식간에 차 안으로 파고들었다. 나는 무심코 백미러에 비친 남자의 얼굴을 확인했다. 그는 강물 속 유령풀처럼 창백했다.

"마을에서는 어디로 가세요?"

"마을까지 가는데요."

"네, 그다음에는 어느 집으로 가세요?"

내가 답하기를 머뭇거리는 사이 남자는 대답을 기다리지 않았던 것처럼 먼저 말을 꺼냈다.

"저는 친구를 만나러 가거든요. 지호라는 친구인데."

나는 고개를 돌려 남자의 옆모습을 바라보았다. 지호는 내가 만나야 할 친구이기도 했다. 우리는 지금까지 같은 사람을 만나러 가고 있었던 것이다.

"저도 거기로……."

대답을 하는 순간, 잘못된 답을 하고 만 듯 마음이 무거워졌다. 무언가가 석연치 않았다. 모든 상황이 기묘할 정도로 날카롭게 들어맞았다. 같은 기차에서 내린 두 사람이 실은 서로 같은 목적지로 향하고 있다는 사실을 깨닫는다. 때마침 땅거미가 내리깔리고 비가 쏟아지며 친구와는 연락이 두절된다. 이 모든 것이 순전히 우연일 수 있을까. 당연히 우연일 것이라고 생각하면서도 음습한 날씨와 막막한 풍경 때문인지 마음이 어수선했다.

우리가 도착한 곳은 대문과 현관이 일직선의 짧은 길로 이어진 깔끔한 외관의 이층집이었다. 주택 정중앙에 자리 잡은 현관을 중심으로 뜰 좌우에는 커다란 단풍나무가 한 그루씩 심겨 있었다. 단풍 말고는 아무것도 없는 넓은 뜰이었다. 비를 맞은 나무 아래로 붉은 잎사귀들이 점점이 흩어져 있었고, 나무 사이로 난 길 끝으로는 현관문이 보였다. 친구의 아내가 고향 집을 물려받았다는 것은 알았지만 집은 생각보다 더 크고 고풍스러웠다. 이윽고 어둠을 밝히며 환히 불 켜진 현관 안쪽에서 친구의 아내가 모습을 드러냈다. 여자의 품에는 아이가 안겨 있었다. 우리는 젖은 뜰을 가로질러 그들에게로 다가갔다. 오랜만에 보는 사이인데도 여자는 나를 반갑게 맞았다.

"무사히 오셔서 다행이에요. 하필 지호 씨가 전화를 두고 나갔지 뭐예요. 저 혼자 어떻게 해야 하나 고민했어요. 오실 때가 된 것 같은데 지호 씨도 없고, 이 근처에 딱히 부탁할 만한 사람도 없어서⋯⋯."

여자는 내게 사과하면서도 어쩐지 어색한 눈길로 남자를 살폈다. 여자를 따라 집 안으로 들어서며 친구에 관해 물었다.

"지호는 어떻게 된 건가요? 사고라도 난 건가 싶어서 걱정했어요. 역으로 데리러 오겠다고 했는데 오지도 않고 연락도 되질 않아서요."

"그게⋯⋯."

여자는 보는 사람이 당황스러울 만큼 핏기 없이 시체 같아진 얼굴로 표정을 일그러뜨렸다. 어떻게 말을 꺼내야 할지 모르겠다는 듯 머뭇거리다가 입을 열었다.

"저도 뭐라고 설명해야 할지 모르겠어요. 사실은 저도 잘 모르거든요. 지호 씨는⋯⋯ 아실지도 모르겠지만, 계속 연구를 하고 있었어요. 연구라고 해야 할까, 제 생각에는 취미처럼 느껴지지만요."

"갑자기 그게 무슨."

그때 비로소 지호의 오랜 취미가 떠올랐다. 지호는 예전부터 돌을 수집하는 취미가 있었다. 스스로는 연구라고 주장했지만 그쪽 분야를 전공한 것도 아니었고 연구로 분류될 만한 성과를 낸 것도 아니었기에 친구들은 그것을 그의 독특한 취미 정도로 여겨오고 있었다. 지호는 예전부터 그런 취미를 비롯한 취향 전반을 앞세워 자신의 시골 생활에 일종의 당위를 부여하는 듯한 기미를 보여왔었다. 그러나 그 말을 믿는 친구는 많지 않았다. 지호가 모두를 피하며 숨어들 듯 이곳에 틀어박혀버린 것은 삶에 대한 스스로의 기대를 감당하지 못했기 때문이다. 그는 시골에서 출발해 수도에 잠시 머물다가 다시금 시골로 돌아갔다.

지호가 나를 이곳에 초대한 것은 오랜만에 우리의 생일을 축하하기 위해서였다. 지호와 나는 태어난 날이 같았다. 예전에 우리는 변화를 두려워하여 변하지 않는 것을 사랑하고는 했다. 같은 날 태어나 비슷한 것을 사랑하던 우리는 지금 전혀 다른 모습으로 살고 있었다. 그는 어디에 있을까. 어디로 숨어버린 것일까.

"지호 씨가 한번 흥분하면 앞뒤 가리지 않는 편이라는 건 알지만 그래도 이번 일은 정말 죄송해요. 하필 오시라고 한 날 이런 일이 생길 줄은 몰랐어요. 게다가 휴대폰을 두고 갔으니 연락할 도리도 없고……."

"지호 취미 때문에 갑자기 무슨 일이라도 생겼나요?"

"그게, 저도 정말 잘 몰라요. 그냥 무슨 급한 일이 있어서 갑자기 가봐야 했다는 것만 알아요. 어쩌면 오늘 밤…… 아니, 내일이나 모레까지 돌아오지 않을지도 모른다는 것까지가 제가 아는 전부예요."

나는 여자의 말에 당황해서 할 말을 잃고 말았다. 여자는 내가 무언가 더 묻기 전에 남자에게 눈길을 돌렸다. 그녀의 얼굴에 경계심이 번져 있었다.

"그런데 죄송하지만 이쪽 분은 누구신지…… 손님은 한 분이라고 들었는데요."

여자는 남자를 처음 보는 눈치였다. 당연히 남자도 초대받은 손님일 것이라 생각하고 있었기에 아연한 상황이 아닐 수 없었다. 여자는 심지어 내게 이 남자가 누구인지 묻는 듯한 기색이었다. 그가 누구인지 내가 알고 있을 리 없었다. 그러나 나는 그와 이곳까지 동행한 것에 책임을 느껴 변명하듯 입을 뗄 수밖에 없었다.

"지호 친구분이라고 하시던데요? 저처럼 초대받은 분 같은데."

"네, 맞아요. 뭔가 착오가 있었던 것 같네요."

남자는 침착하게 미소 지으며 여자 품에 안긴 아기를 바라보았다. 아기는 놀랄 만큼 조용하고 유순했다. 이렇게 낯선 사람들을 앞에 두고도 울기는커녕 투정조차 부리지 않다니 아기가 아니라 체온을 가진 인형처럼 느껴질 정도였다. 남자는 아기를 향해 상냥히 웃어 보였다.

"진작 찾아뵐 수도 있었을 텐데 하필 오려고 할 때마다 바쁜 일이 생겨서요. 이렇게라도 올 수 있어서 다행입니다."

지금껏 이 집에 초대받은 친구는 아무도 없었다. 멀고 외진 곳인 탓도 있었지만 그 때문만은 아니었다. 지호는 누구와도 만나고 싶어 하지 않았다. 생일이라는 느닷없는 핑계로 나를 이곳에 초대한 것은 그의 단순한 변덕이었던 것일까, 아니면 그저 나의…….

남자의 태연한 태도에 여자는 더 이상 따져 묻지 않고 우리를 거실로 이끌어 차를 대접했다. 1층 중앙에는 거실이, 거실 좌우에는 안방과 서재, 욕실이 자리했다. 2층으로 올라가면 빈방 두 개와 욕실이 나오는 구조였다. 여자는 우리에게 빈방을 하나씩 쓰기를 권했다. 손님이 하나뿐일 거라 생각해 한쪽 방의 난방 기구만 작동시켜둔 상태였기에 나머지 방은 몹시 싸늘했다. 2층 전체가 평소에는 별로 사용하지 않는 듯 무척이나 차갑게 식어 있었다.

우리는 냉랭한 2층으로 곧장 올라가는 대신 여자가 권하는 대로 지호의 서재를 구경하기로 했다. 넓지도 좁지도 않은 방에는 온통 책과 수석이 가득했다. 사방을 둘러싼 책꽂이 중 절반에는 책이 꽂혀 있었고 나머지 절반에는 기묘한 모양의 돌들이 진열되어 있었다. 검은 몸뚱이 중심에 옅게 흰 초승달 같은 무늬가 새겨진 돌이나 웃는 듯한 얼굴이 드러난 얼룩무늬 돌, 알 모양의 작고 둥그런 돌들이 차례로 눈에 들어왔다. 검고 희고 붉은 돌들은 모두 윤기가 감돌 만큼 잘 관리되어 있었다.

여자는 잠시 우리와 함께 그 방 물건들과, 엉뚱하고도 무책

임한 자신의 남편에 대한 이야기를 나누었다. 그러다 곧 아기를 돌보기 위해 서재를 떠났다. 아기는 자리를 비우기 위한 핑계일지도 몰랐다. 그녀는 평온을 잃은 유령처럼 초조하고 불안해 보였다. 나나 남자를 대하는 것이 몹시 불편한 듯도 했다. 그럴 만했다. 우리는 너무 오랜만에 만나는 사이였고 이전에도 그다지 가깝지 않았었다. 나는 말주변이 좋은 편이 아니었다. 낯선 사람과 친해지는 일에는 누구 못지않게 서툴렀다.

둘만 남게 된 뒤 남자는 보다 편해진 태도로 서재를 둘러보기 시작했다. 그러더니 문득 의미심장하게 말을 건네왔다.

"생각해보니 여기까지 갖고 오실 책을 정말 잘 선택하신 것 같군요. 기차에서 읽으시던 책 말이에요.《물결 벌레》의 남자도 갑자기 고향에서 사라져버리잖아요?"

"네?"

"그 책에 자기 몸속에 벌레가 들어 있다고 믿는 사람이 나오지 않나요? 예전에 읽었거든요. 자기 애인도 알아보지 못하고 벌레 때문에 계속 착란을 겪는 주인공이 나오죠. 답답한 이야기잖습니까. 그러다 결국에는 자살을 한 건지, 주인공이 사라져버리고요. 지호도 우리 앞에서 갑자기 사라져버렸네요. 설마 죽지는 않았겠지만."

지호가 죽다니, 터무니없는 말을 입에 담는 남자가 돌연 꺼림칙해졌다. 기차에서 그를 처음 보았을 때의 불쾌한 인상이 되살아나는 듯했다. 서재 창문을 등지고 선 그는 구석 형광등

불빛 때문인지 익사체처럼 푸르스름했다. 유리창에서는 얼음처럼 차가워 보이는 빗줄기가 부서져 내리고 있었다. 빗소리에 희미한 신음 소리가 뒤섞인 것 같은 불길한 느낌이 들었다.

"그 책은 그런 내용이 아니에요. 남자가 벌레를 찾기는 하지만 거긴 그 사람 고향도 아니고, 그 사람이 겪는 건 착란이 아니고, 또⋯⋯."

"아니에요. 주인공은 계속해서 같은 곳을 맴돌면서 마을에 갇혀 있잖아요."

"하지만 그 사람에게는 벌레가⋯⋯ 그리고 만나기로 한 사람들이⋯⋯."

나는 더듬거리며 책의 내용을 설명했다. 그러나 말을 하면 할수록 내 해석이 불충분하다는 생각이 들기 시작했다. 남자는 내 표정이 굳어가는 모습을 말없이 지켜보다가 빙그레 미소를 지었다.

"우연이겠지만 비슷한 것도 같아서요. 소설의 주인공에게도 만나러 오는 친구들이 있었지만 아무도 그를 만나지 못하잖아요. 그 사람은 항상 엉뚱한 우연에 휩싸여 있고, 그가 믿는 것들은 거의 다 허구죠."

"지호는 딱히 무슨 대단한 이유가 있어서 우리를 초대한 건 아니에요."

그저 함께 생일을 축하하자는 이유가 전부였을 뿐이다. 나는 그렇게 믿고 있었다.

"정말 그렇게 생각하세요?"

남자는 묘한 표정을 지었다. 문득 지호가 어떤 방식으로 내게 이곳에 오라는 이야기를 꺼냈는지 기억이 나질 않았다. 오랜만에 받은 연락이었으나 그럼에도 나는 반드시 지호를 만나러 가야겠다고 결심했었다. 마침 시간적으로 여유가 있었고 지호가 그립기도 했다. 지호는 내게 하고 싶은 이야기가 있다고 했다. 그게 무엇인지는 알 수 없었다. 나 말고도 부른 친구가 있다는 사실 역시 알지 못했었다. 이 남자는 정말로 지호의 친구일까? 오래된 괴담에 홀린 듯 상상을 부풀려가는 스스로가 우스꽝스러웠다. 오래 앓던 신경증이 도지는 기분이었다.

"어쩌면 제가 책을 끝까지 읽지 못해서 내용을 잘못 이해하고 있던 걸지도 모르겠네요. 아직은 다 읽지 못했으니까요."

나는 결국 남자에게 《물결 벌레》의 내용을 더 따져 묻지 못하고 피곤하다는 어설픈 핑계를 대며 서재를 떠났다. 방으로 돌아와 처음으로 한 일은 가방에서 《물결 벌레》를 찾는 것이었다. 그러나 어떻게 된 일인지 가방 속에 책이 없었다. 책은 온데간데없이 사라져 있었다. 분실을 확인한 나는 순식간에 다리 힘이 풀려 침대에 주저앉고 말았다.

어쩌면 남자가 책을 훔쳐 갔을지도 모른다. 문득 그런 말도 안 되는 상상이 마음속에서 서서히 불거져갔다. 기차에서 나의 책을 본 뒤 그가 줄곧 드러내온 기묘한 태도가 마음에 걸렸다. 그 책이 그토록 주의를 끌 만한 것이었다고는 상상하기

어려웠다. 그 책은 그저 오래전 지호에게 받은 가벼운 선물이었다. 제목이 마음에 들기는 했지만 내용은 형편없이 허술했다. 지호를 만나러 오는 길이 아니었다면 굳이 그 책을 가져오지는 않았을 것이다. 서점에서 구하기도 어려워진 책을 남자는 언제 어디서 손에 넣었던 것일까? 남자를 초대한 것은 정말로 지호였을까? 갑자기 모든 것이 의심스러워지기 시작했다. 책은 아마도 택시에, 혹은 기차에 두고 왔을 것이다. 남자가 굳이 그 책을 훔쳐 갔다고 단정할 이유는 없었다.

그러나 무언가가 이상했다. 제대로 설명할 수는 없지만 여기 모인 사람들 사이에는 틀림없이 석연치 않은 것이 존재하고 있었다. 얕은 잠을 자고 일어나 내다본 창밖으로는 비 갠 회색 하늘 아래, 멀리 늪지가 내다보였다. 늪지 주위 누런 갈대와 검푸른 흙은 어제의 비에 잔뜩 젖어들어 있었다. 이 근처에는 논밭보다 황무지나 늪이 더 많은 듯했다. 이곳은 늪과 수렁, 홀연한 단풍의 마을인 것이다.


아침 식사를 마치고 나서 지호의 아내는 딱히 계획한 일정이 없다면 점심을 먹고 난 뒤 가까이에 있는 유적지를 구경하러 가지 않겠느냐고 제안했다. 그들 가족은 종종 그곳에 가서 구경을 한다는 말도 덧붙였다. 이런 상황에 어울리지 않는 관광 같았지만 마땅히 거절할 이유도 없었다. 한 대뿐인 차는 지호가 가져가버렸고, 여자는 운전을 할 줄 모른다고 했다. 유적지에 가기 위해서는 이웃과 동행해야 하는 모양이었다. 굳이 남의 도움을 구하면서까지 외출을 해야 할 이유를 알 수 없었지만 여자에게는 제법 익숙한 일상인 듯했다.

남자는 나보다 여자의 제안을 반겼다. 우리는 집 주변을 거닐며 뜰의 나무와 잡목림, 빈집, 시들어가는 가을 들꽃을 구경하다가 점심을 먹고 느지막이 집을 나섰다. 운전대를 잡은 것은 이웃집 노인이었다. 거뭇한 얼굴의 노인은 가는 내내 한마디 말도 없이 마치 꿈을 꾸는 듯한 눈빛으로 입을 다물고 있었다. 한산한 시골길이 구불구불 이어지며 가을 초목 사이를 가로질렀다. 이어진 포장도로를 달리다 보니 탁 트인 평지 뒤로 붉고 누런 단풍으로 물든 산이 보였다. 산 아래로는 흰 탑이 서 있었다.

"여기에는 원래 목탑 하나와 석탑 둘이 있었어요. 저 탑은 완전히 불타버린 동탑을 새로 지은 것이에요. 하지만 저 탑을 좋아하는 사람은 아무도 없어요. 저건 가짜니까요."

여자는 갑자기 탑을 증오에 가깝도록 날카로워진 눈으로 노려보며 말했다. 훼손되어 제대로 복원되지 못한 탑에 대해서라면 들어본 적이 있는 것도 같았다. 이곳은 본래 거대한 절터였다. 그러나 남겨진 것은 텅 비어버린 평지와 당간지주, 두 개의 훼손된 석탑뿐이었다. 그나마 일부가 남아 있던 서탑은 복원이 진행 중이었지만 완전히 형태를 잃은 동탑은 새로 지어져 과거의 휘광을 잃은 상태였다.

서탑을 복원하기 위해 평지 가운데로는 탑을 감싼 커다란 컨테이너 형태의 공간이 마련되어 있었다. 컨테이너 안에서는 서탑의 복원 공사가 진행 중인 듯했다. 그 앞쪽으로 두 개의 연못이 존재했다. 잔디밭에 둘러싸인 연못들 주위에는 노란 잎사귀를 매단 아름드리나무들이 서 있었다. 여자는 집에서보다도 더욱 초조해 보였고 심지어는 조금 화가 나 있는 것 같기도 했다. 우리는 연못을 지나 박물관으로 향했다. 아기가 보채는 소리에 여자는 박물관 입구에서 발걸음을 멈추었다.

"왜 그래? 왜 그러는 거야?"

낮은 소리로 아기를 달래던 여자가 한숨을 내쉬었다.

"먼저 가세요. 화장실에 들렀다 올게요."

그녀가 아기를 데리고 사라진 뒤, 우리는 머뭇거리다가 전시실로 들어섰다. 전시실의 규모는 생각보다 컸다. 여자가 한참이나 돌아오지 않았기에 입구에서 머물던 우리는 조금씩 전시실 안쪽으로 걸어 들어갔다. 푸른 유리 조각과 구슬, 비틀린 얼굴의 토우, 굳어버린 흙 조각으로 보이는 정체 모를 유물들이 빛 아래 고요히 전시되어 있었다. 곁에서 걷던 남자는 기와 유물들 앞에서 걸음을 멈췄다. 귀면와 한 점이 놓인 곳이었다. 귀신의 얼굴을 투조한 돌덩어리는 지호의 서재에 놓여 있던 수석들과 얼핏 비슷해 보였다. 그러나 오랜 세월 때문인지 전시대의 유물은 조금 더 섬뜩하고 기이했다. 둥그스름한 사각형의 돌덩어리 안에는 커다랗고 불거진 눈과 작고 동그란 구멍 같은 코, 여섯 줄기로 파여 이빨을 드러낸 길쭉한 입이 조각되어 있었다. 전형적인 귀신의 얼굴이었다. 남자와 내가 귀면와 앞에서 무심코 발걸음을 멈춘 탓인지, 지금까지 말이 없던 이웃집 노인이 우리 곁으로 다가왔다. 그는 멍하고도 신중해 보이는 얼굴로 입을 열었다.

"왜 사람들은 지붕에 귀신을 짊어지려 했던 걸까요?"

그 한마디를 중얼거린 노인은 등을 돌리고 다른 방향으로 사라져버렸다. 어느새 아기를 안은 여자가 돌아와 우리에게 다가왔다. 이제 보니 아기는 돌이 지난 것치고 체구가 몹시 작았다. 여자는 무게가 느껴지지 않는 듯 아기를 가볍게 안아 들고서 우리 곁의 귀면와를 힐끗 바라보았다. 그러고는 그것을 지나쳐 더욱 안쪽의 불타버린 목탑 모형과 청동으로 만든 보살의 손 쪽으로 걸어갔다.


전시실을 나왔을 때는 사방에 어제와 같은 어둡고 비 기운 가득한 어둠이 스며들고 있었다. 땅거미 진 평지 주위로 산 아래 단풍들이 보였다. 검은 어둠을 등진 새빨간 단풍은 밤길에 보았던 홀연한 불꽃을 연상시켰다. 이웃 노인이 화장실에 간 사이, 나는 어쩐지 검은 수면을 보고 싶어져 연못 쪽으로 향했다. 가까이서 본 해 질 녘의 연못 물은 무섭도록 어두웠다. 칠흑의 거울 같은 수면 가장자리로 붉고 노란 낙엽들이 떠다니고 있었다. 연못을 둘러싼 아름드리나무에서 떨어진 잎이었다. 부연 갈대와 붉은 단풍, 검은 물은 마치 이 세상의 것이 아닌 듯 보였다.

"극락세계에는, 칠보로 장엄하게 꾸며진, 연못이 있어, 그 안에는, 청정한 물이 가득하다. 불경에서는 그렇게 말한다고 여기 쓰여 있네요. 사찰에서 연못은 극락세계의 상징이래요."

어디선가 느릿느릿한 남자의 목소리가 들려왔다. 나는 소스라치게 놀라며 고개를 돌렸다. 그리고 그 순간이었다. 작고 예리한 돌멩이 같은 것이 날아와 목덜미에 부딪힌 듯한 느낌이 들었다. 따갑고 아팠다. 나는 예상치 못한 통증에 눈앞이 아찔해져서 손으로 목덜미를 문질렀다. 표지판 곁에 서 있던 남자가 어느새 내 앞에 다가와 있었다.

"왜 저 여자는 하필 이런 날 우리를 이곳으로 데려온 걸까요?"

"혹시 저한테 돌 같은 거 던지셨어요?"

나는 계속되는 목덜미의 통증에 인상을 찡그리고 물었다. 문득 눈앞에 지호가 모은 색색의 돌들이 스쳐 지나갔다. 작고 동그란 알 모양의 돌멩이들. 길고 긴 시간이 흘러도 그 속에서는 무엇 하나 부화하지 않을 것이다. 나의 물음에 남자는 의아한 듯 되물었다.

"돌을 던지다니요?"

그는 웃는 것 같기도 하고 정말로 영문을 모르는 것 같기도 한 표정을 짓고 있었다. 무엇이 진심인지 가늠할 수가 없었다. 이 사람은 정말로 내 친구의 친구인 것일까? 조금 전 날아온

돌은 정말로 그에게서 비롯된 것일까? 그가 아니면 돌을 던질 사람이 없다는 생각에, 나는 격양되어 아무렇게나 떠오르는 말을 중얼거렸다.

"자꾸 거짓말을 하시네요."

"거짓말이 아닌데요."

"제가 재미있는 얘기 하나 해드릴까요? 당신에 관한 건데요."

손으로 문지를수록 돌연한 통증은 더욱더 심해져만 갔다. 작은 돌조각이 목 근육 깊숙이 파고들어버린 것 같았다. 나는 황당한 아픔에 남자를 노려보았다.

"어쩌면 당신이 지호를 사라지게 만든 걸지도 모르죠. 극락세계로 보내버린 거예요. 당신은 지호를 없애고 기차에 탔어요. 내 옆자리에 타서 이번에는 나도 없애려고 하는 거예요. 그게 《물결 벌레》의 결말이죠. 당신은 소설 속에서 결국 모두를 파멸시켰던 벌레 역할인 거예요."

"내가 지호를 죽였다고요?"

"당신은 기차에서 누군가와 아주 이상한 통화를 했었죠. 그때 내가 들었다는 걸 알고 있잖아요. 그때 이미 당신은 지호를 죽였던 겁니다."

남자는 나의 횡설수설이 어처구니없었는지 웃음을 터뜨렸다. 웃는 얼굴로 갑자기 성큼성큼 다가와 내 목에 손을 올렸다. 그의 뒤로 아름드리나무의 금색 잎사귀와 새빨간 단풍이 알록달록하게 이지러졌다.

"그럼 내가 당신도⋯⋯."

남자는 나의 목을 가볍게 문지른 뒤 손을 거두었다. 그의 손가락에 핏방울이 묻어 있었다. 나의 피였다. 작은 짐승이 목을 물어뜯은 것 같은 통증에, 자꾸만 눈앞이 어지러웠다. 남자는 피를 닦아주려는 듯 다시 손을 내밀었다. 그러나 이번에는 그 동작이 조금 달랐다. 그는 두 손으로 내 목을 움켜쥐었다. 뿌리치고 싶었지만 움직일 수 없었다. 목덜미에서 느껴지는 기묘한 감각이 공포스러웠다. 살갗 위로 손가락이 아닌 다른 무언가가 움직이고 있는 것 같았다. 정체를 가늠할 수 없는 생소한 감각이었다. 나는 겁에 질려 눈앞의 남자를 바라보았다. 그의 눈 아래에서 불그스름한 점이 번들거리는 것이 보였다. 그 점은 얼핏 살갗에서 머리를 내민 조그맣고 빨간 꽃봉오리 같기도 했다.

통증에 신음하는 가운데 멀리서 이쪽을 바라보고 있는 이웃 노인과 여자, 아기가 눈에 들어왔다. 멀리 있어 그들의 얼굴은 잘 보이지 않았다. 오직 귓가에서 가볍게 움직이는 남자의 손길과 웃는 듯한 표정만이 뚜렷했다. 그의 숨결이 몹시도 가까웠다. 그는 내 귓가에서 무언가를 낚아챈 뒤 주먹 쥔 손을 앞으로 내밀었다. 웃으며 말했다.

"이건 당신에게 미리 주는 생일 선물이에요."

남자가 주먹 쥔 손을 서서히 펼쳤다. 손에 담긴 것이 무엇인지 어쩐지 확인하고 싶지 않았다. 남자는 기어이 눈앞으로 손을 들어 올렸다. 거기 놓인 것은 알처럼 일그러져 웅크리고 있는 작은 금빛 풍뎅이였다. 언젠가 본 적이 있는 듯한 벌레는 죽어 있기 때문인지 무척 징그러웠다. 나는 비명조차 지를 수 없었다. 남자는 웃음을 터뜨리며 벌레를 연못 가장자리로 내던졌다. 그것이 정말 나를 문 벌레였던 것일까. 어째서인지 보고도 믿기지 않았다. 무언가가 끝내 석연치 않았지만 검은 물속으로 사라진 벌레는 이미 흔적도 보이지 않았다. 미미한 물결만이 연못 중심으로 둥글게 번져나가고 있었다.

"그럼 이제 돌아가죠."

남자는 나를 두고서 먼저 등을 돌렸다. 일행에게로 걸어가는 그의 뒷모습을 보며 나는 지호가 어디에 있을지 다시금 의문했다. 돌아간다는 말이 이상하게 들렸다. 친구가 없는 그 집에서 우리는 무엇을 할 수 있을까. 문득 오래전 이 모든 풍경을 이미 본 적이 있는 것만 같은 느낌이 들었다. 처음 기차에서 남자와 만난 순간부터 나는 줄곧 기시감에 사로잡혀 있었으나 지금 내게는 마땅히 누군가에게 물을 질문이 없었다. 목덜미에서는 여전히 화상을 닮은 통증이 홧홧했다. 근육을 지나 뼈까지 닿을 듯 집요하고도 묵직한 감각에 나는 무심코 목을 문질렀다. 손끝에 또다시 피가 묻어 나왔다. 피는 어둠 속의 단풍만큼이나 붉었다. 뒤늦게 내가 남자에게 내 생일에 대한 이야기를 한 적이 없다는 사실이 떠올랐다. 내일은 나와 지호가 태어난 날이었다. 남자는 어디서 그 사실을 알게 된 것일까.

우선은 다른 어떤 의문에 앞서 잃어버린 책을 되찾고 싶었다. 《물결 벌레》의 결말을 읽지 못한 것이 몹시도 불안하고 마음에 걸렸다. 문득 연못에서 아주 작고 가벼운 것이 날아오르는 듯한 소리가 들렸으나 나는 다시 뒤를 돌아보지 않았다. 저 앞에서 일행이 나를 기다리고 있었다. 집으로 돌아갈 시간이었다.

귀면와
鬼面瓦
Roof-Tile with Demon Design

남북시기 통인신라(統一
통일신라 8C~9C말
Mireuksa Temple site
Unified Sila

미륵사지는 아주 오래전 마한의 수도였던 것으로 추정되는 장소
에 자리 잡은, 한국에서 가장 커다란 사찰지다. 601년 백제 무왕 통
치기에 창건된 것으로 알려져 있으며 선화공주와 무왕 사이의 이야
기가 얽힌 곳이기도 하다. 또 무슨 이야기를 할 수 있을까? 선화공주
와 무왕은 매우 유명한 사람들이고, 그래서 익산시에는 그들을 캐릭
터화한 귀여운 그림들이 곳곳에 그려져 있다. 선화공주와 무왕은 〈서
동요〉를 중심으로 하는 아주 오래되고 유명한 사랑 이야기의 주인공
들이다. 무왕의 어릴 때 이름은 서동인데, 서동은 신라 진평왕의 셋째

딸 선화공주가 아주 예쁘다는 소문을 듣고 만나본 적도 없는 그녀에게 반한다. 서동이 반한 것은 이야기 속의 선화공주였으니 진짜 공주는 이야기를 통해 부풀려진 서동의 상상과는 다른 생김새를 갖고 있었을 것이다. 그러나 다행히 공주는 실제로도 소문이나 상상만큼 아름다운 사람이었던 모양이다. 아니면 그녀는 서동의 상상 따위를 폐기할 수 있을 만큼 온전히 별개의 방식으로, 서동의 한정된 경험을 혼란시키는 방식으로 존재하던 사람이었을지도 모른다.

아름다운 백제 사람은 어떻게 생긴 사람이었을까? 지금은 그 답을 정확히 알기 어렵다. 나는 선화공주가 조금 안쓰럽게 생긴 눈을 가진 여자였을 것 같다. 손가락에 힘이 없고, 목소리에도 힘이 없고, 자기주장을 현명하거나 교묘하게 내세우지 못하는 사람이었을 것 같다. 그래서 서동이 아이들을 끌어들여 공주에 대한 나쁜 소문을 퍼뜨리고 다녔을 때도, 그 소문을 들은 공주의 아버지 진평왕이 공주를 죄인 취급했을 때도 쓸모 있는 말은 거의 하지 못하고 많은 것을 체념해버렸을 것 같다. 화가 난 왕은 공주를 성 밖으로 멀리멀리 내쫓고, 서동은 그제야 쫓겨난 공주를 만나러 찾아온다. 어쩌면 공주는 그때 서동과의 만남을 또다시 체념하듯 받아들였던 것인지도 모른다. 그렇다면 〈서동요〉와 미륵사지에 얽힌 것은 계획적인 악인과 체념하는 미인의 이야기일 거다.

체념하는 백제 사람의 기분은 체념하는 대한민국 사람의 기분과 얼마나 다르고 얼마나 똑같을까? 비슷할 것 같기도 하고, 조금 더 단호하거나 뭉툭하거나 양감과 질감이 찰흙을 닮아 있을 것 같기도 하다. 백제를 상상하면 제일 먼저 떠오르는 것은 반가사유상의 얼굴이다. 반가사유상은 금동으로 만들어졌기 때문에 찰흙과는 별 관련이 없다. 하지만 반가사유상의 표정을 떠올리면 나는 찰흙이나 낙엽, 아주 작은 나뭇잎들이 바람에 흔들리는 소리 같은 것이 떠오른다. 그래서 그 모든 것들이 내 안에서는 어떤 이상한 연관성을 갖는다. 그럼 이 연관성의 중심에 있는 반가사유상의 표정이란 과연 무엇이었나? 그 얼굴이 정확히 기억나지 않아 인터넷에 검색해보니 국립중앙박물관에 전시되어 있는 반가사유상들은 백제의 것인지, 신라의 것인지 아직도 논란이 계속되고 있다고 한다. 국보 78호 반가사유상과 83호 반가사유상 중에 내가 어렴풋이 기억하던 반가사유상은 과연 무엇이었을까? 들여다보아도 기억은 점점 더 흐릿해지기만 한다.

그런가 하면 얼마 전에는 미륵사지에서 사리장엄구라는 어마어마한 물건이 발굴되기도 했다. 사리를 넣은 사리용기와 다른 공양물들을 탑 속에 소중하게 안치해놓은 것을 사리장엄구라고 부르는데, 미륵사지 서탑에서 발견된 것은 백제 무왕 시기의 금제 사리봉영기와 금동제 사리외호, 금제 사리내호, 그 밖에 구슬과 공양품을 담은 청동기 6점이었다. 이 사리장엄구 발굴과 함께 한때 서동이었던 백제 무왕의 왕후인 '사택왕후'라는 사람의 존재가 밝혀지기도 했다. 사택왕후는 선화공주가 아니라 다른 사람이고, 그렇다면 선화공주는 어떻게 된 것인지 알 수 없어진다. 서동은 공주와 결혼해 왕이 되었는데 서동과 결혼한 어여쁜 공주는 어디로 사라진 것일까?

한편 내가 소설에 등장시킨 것은 공주도 왕도 아닌 부서진 미륵사지 석탑과 귀면와 등등이고, 귀면와는 지금도 미륵사지 박물관 한구석에 조용히 전시되어 있다. 돌에 구멍을 내어 만든 귀신의 이목구비, 길고 네모난 입에서는 아무 말도 들려오지 않는다. 모든 것은 너무나 오래전 일인 데다, 기와 같은 유물들은 원래 어느 때나 아무 말도 하지 않기 때문이다. 귀면와를 물끄러미 들여다보고 있으면 어쩐지 조금 으스스해지는 동시에 그 기와가 조금 좋아지기도 한다. 거기 새겨진 얼굴은 몹시 낡고 투박하고 기묘해서 어떤 방식으로도 나의 상상을 폐기하지 않기 때문이다.

# 집 짓는 사람

최유안

최유안은 1984년 광주에서 태어났다.

2018년 〈동아일보〉 신춘문예로 등단했다.

내 안에 갇히지 않으려고 부단히 애쓰며 살고 있다.

아이가 생겼다는 소식을 들은 뒤 남자는 며칠간 심하게 앓았다. 온몸이 불구덩이에 빠진 듯 뜨거웠고 입술이 부르트고 목이 메어 밥알을 넘기기 힘들어했다. 심한 입덧에 시달리던 아내가 그의 옆에 붙어 정성 어린 간호를 자처했다. 아내는 흰쌀로 죽을 쑤고 남자의 축축한 몸을 닦았다. 셋째 날 저녁, 마침내 열이 가라앉았을 때 남자는 제 손등에 손을 포갠 채 지쳐 잠든 아내의 얼굴을 바라보며 이마에 솟은 식은땀을 훔쳐냈다. 남자의 마음속에 가족에 대한 애정과 가장으로서의 책임감이 차곡차곡 들어찼다. 그는 처음으로 아내의 배에 손을 얹어보았다. 아무것도 전해지지 않았지만 벌써 아이와 닿아 있는 느낌이었다. 남자는 아이들이 뛰어놀 마당을 떠올렸다. 한편에 작은 미끄럼틀과 시소가 있으면 좋을 것 같았다. 옆에서 아이들 방에 넣을 목제 서랍장을 만들고 있는 자신의 모습도 떠올랐다. 아이들은 부모 곁에서 놀 때 정서적 안정감을 느낀다지. 모래알이 뒤섞인 아담한 정원이면 좋을 텐데. 그는 바닷가 인근에 위치한 집을 상상했다. 어디선가 갯내가 풍겨왔다.

애초에 교외에서 살아보자고 제안한 건 아내였다. 아내는 결혼 전부터 번잡한 도심을 벗어나고 싶다고 말하곤 했다. 생계만 해결되면 한적한 교외에서 사는 것도 좋지 않겠냐고 자주 물었다. 시간이 흐를수록 남자의 마음도 그쪽으로 기울었다. 불안정한 자신의 직장이 아내의 호감을 높였단 사실을 남자는 나중에 알았다. 결혼한 뒤 두 사람은 남자의 본가에 들어가 살았다. 둘은 열심히 일했고 지독하게 모았다. 웬만해서는 지갑을 열지 않았고 물건을 허투루 사지 않았다. 아내는 불편한 시댁 생활을 억척스레 감수했다.

3년 뒤 저녁 식사 자리에서 두 사람은 임신 사실을 가족들에게 공표했다. 어색한 기운이 흘렀다. 공무원 시험을 준비하던 동생은 멍하니 거실 구석을 바라보았고 골다공증을 앓던 어머니는 가을 들어 부쩍 통증이 심해진 무릎을 연신 쳐댔다.

아휴, 이 좁은 데 어디 애 물건을 놓니.

어머니의 말을 흘려들으며 남자는 그가 생의 대부분을 보낸 집 안을 둘러봤다. 3인용 소파와 맞은편 벽면을 가득 채운 벽걸이 텔레비전, 한쪽 벽을 덮어버린 거대한 책장, 가구 사이사이에 얹히고 끼인 조잡한 물건들이 한눈에 들어왔다. 더 이상 공간은 없어 보였다.

그날 밤 잠자리에서 남자는 혼자서 생각해온 것들을 하나둘 아내에게 들려주었다. 주로 장소와 예산에 관한 문제였다. 남해와 제주가 마지막 후보지였는데 아내는 남자의 예상과 다르게 남해를 선택했다. 접근 가능성 때문이었다. 스스로 집을 짓겠다는 남자의 계획을 듣고 이번에는 아내가 놀라는 눈치였다. 한번 마음먹은 것은 기어코 해내고야 마는 남자의 성정을 잘 알기에 아내는 웃으면서 고개를 끄덕였다. 맞잡은 아내의 작은 손이 미세하게 떨렸다.

당신은 어떤 걸 원해? 선호하는 색감이라든지.

난 그냥 교외에서 사는 거면 다 좋은데.

그래도 원하는 걸 말해줘야 방향을 잡지. 디귿 자 형태의 부엌이라거나 북유럽풍 침실이라거나.

음.

아내가 한참 뜸을 들인 뒤 말했다.

부엌이 화사하고 깨끗했으면 좋겠어.

남자는 아내가 쓰는 부엌을 떠올렸다. 지은 지 30년이 넘은 아파트라 붙박이장이 어긋나거나 갈라진 곳이 많았고 그 사이로는 가끔 벌레가 지나다녀 아내를 놀라게 했다. 남자가 목소리를 높였다.

그럼 벽면을 화이트나 옐로 계열로 할까? 전체적으로 밝은 원목을 쓰면 공간도 넓어 보일 거야. 천장은 얼마나 높을까?

남자의 이야기를 듣던 아내가 곤란한 듯 윗입술을 들어 올리며 희미하게 미소 지었다. 입술 사이로 치아가 살짝 드러났다.

그것까지는 모르겠어.

남자가 상체를 일으켜 세운 뒤 머리맡에 둔 휴대폰을 집어 들었다.

테라스는? 테라스를 만들까?

글쎄…… 그냥 볕이 잘 드는 거실만 있어도 좋을 것 같아.

서재는?

서재…….

아내가 한숨을 쉬고는 말을 이었다.

그럼 이렇게 해. 나는 집이 밝았으면 좋겠어. 거실과 부엌은 특히. 집에서 바다가 보이면 좋겠지만 아니라도 괜찮아. 거실, 부엌, 아기방 하나, 우리 침실 하나, 다용도실 하나. 그것 말고 달리 원하는 건 없어. 튼튼하고 견고한 집이면 돼.

당신 공간은?

집이 다 내 공간인데 굳이 따로 만들 필요가 있겠어? 필요하면 정원에 간이 테이블을 놓지 뭐.

남자는 입안에서 혀를 차며 휴대폰 메모장을 꺼버렸다. 아내가 남자의 눈치를 살피더니 입을 열었다.

당신 편하라고 그러는 거야. 어련히 알아서 꼼꼼하게 짓겠어.

남자는 알아서 하라는 말이 책임 회피에 불과하다고 생각했다. 교외에 살자던 사람이 정작 집을 지을 때가 되니 겨우 거실, 부엌, 방이면 된다니. 애초에 교외에 살자고 제안한 건 아내가 아니던가. 집이 있어야 교외에 살든 말든 할 게 아닌가. 모래 해변 위에 살림을 차릴 건가? 무작정 남해에 가면 누가 펜션이라도 떡하니 내준다고 하던가? 아내는 번번이 이런 식이었다. 원하는 게 있을 때 직접 나서기보다 우선 남자의 마음을 떠봤고 막상 일이 시작될라치면 자신은 은근슬쩍 뒤로 물러섰다. 그러곤 남자를 배려한다는 듯 결정을 미뤘다. 그러다 보면 선택과 책임은 꼼짝없이 남자의 몫이었다. 남자는 그게 늘 불만이었지만 그렇다고 아내에게 화를 내거나 자신의 마음을 티 낸 적은 없었다. 그저 적당히 맞춰주고 이해해주는 것이 가정의 평화를 위해 현명한 태도라고 여겼다.

*

겨울로 접어들 무렵, 남자는 바다가 보이는 부지를 매입했다. 마을에서는 멀었지만 비용 측면에서 부담이 덜했다. 84제곱미터에 안집을, 나머지 20제곱미터에 정원을 꾸리기로 마음먹었다. 넓지는 않아도 한 가족이 사는 데 불편함이 없을 크기였다. 남자는 바다가 훤히 내려다보이는 그곳이 마음에 꼭 들었다. 계약을 마친 뒤 그는 잡초가 무성한 부지에 서서 바다를 내려다보며 자신이 오랫동안 상상해온 꿈의 집을 그려보았다.

하얀 외벽이 화사한 느낌을 내는 이층집이었다. 정원과 현관 사이에 목제 테라스가 있었다. 테라스에는 원목으로 만든 의자와 테이블이 놓여 있고 안쪽으로 볕이 잘 드는 거실이 보였다. 천장이 높아서 전체적으로 웅장한 느낌이었다. 실내가 밝은 미색인 데다 천장 한쪽에 구멍을 내고 유리를 덧대 햇볕이 잘 들었다. 통유리로 된 거실 창 너머로 정원과 테라스가 훤히 내다보였다. 거실 한쪽에는 커다란 벽난로가 세워져 있었다.

남자는 잠시 숨을 골랐다. 전체적인 색감을 밝은 톤으로 맞춰 널찍한 느낌을 살리면서도 공간을 효율적으로 구분해야겠다는 생각을 하면서 스스로의 현명함에 놀랐다. 거실에 어릴

적부터 꿈꿔온 벽난로를 배치해볼 때는 뿌듯함과 함께 감동이 솟구쳐 울컥하기까지 했다.

배 속의 아이는 움직임이 크고 활발했다. 아이가 손발은 물론이고 가능한 모든 부위를 이용해 아내의 배를 쳐댈 때마다 남자는 사내아이일 거라고 확신했다. 여자아이라는 것을 알게 된 남자는 아내에게 아이를 두엇쯤 더 낳으면 어떻겠냐고 물었다. 아내가 생긋 웃으며 말했다.

그러자. 아이들이 여럿 뛰어놀아야 집 같지.

남자는 꿈틀거리는 아내의 배에 손을 얹고 집짓기에 최선을 다하겠다고 다짐했다.

그는 두어 달에 걸쳐 설계도를 구상했다. 그 과정에서 많은 자료를 참고했다. 그간 그렇게 자주 서점을 들락거려본 적이 없을 정도였다. 건축 코너에는 직접 집 짓는 사람들을 위한 책이 무수했다. 설계를 다룬 기술서부터 인테리어를 소재로 한 에세이까지 책의 종류와 성격도 가지각색이었다. 남자는 그중에서 제주에 게스트 하우스를 지은 경험이 있는 저자의 에세이집을 펼쳤다. 저자는 집짓기가 자신의 무모함과 용기에서 비롯되었다고 고백했다. 과정마다 어려움이 따랐음에도 자신이 만든 공간에서만 느낄 수 있는 특별한 감정이 어려움을 상쇄했다고 담담히 서술했다. 남자는 그 책의 에필로그에 쓰인 글귀에 주목했다. 저자는 마르틴 하이데거라는 철학자의 말을 인용하고 있었다.

인간은 자신이 사는 집을 완성해가며 비로소 내가 누구인지 깨우친다.

저자는 자신의 집짓기를 그 문장으로 요약했다. 남자는 그 부분이 무척 마음에 들었다. 당장에 책값을 치르고 서점을 빠져나왔다.

이어서 남자는 건축 사무소를 돌아다녔다. 국제 대회에서 수상했다는 건축가의 설계 사무소를 찾기도 했다. 참고할 만한 설계도가 있으면 기꺼이 비용을 지불할 의사가 있었지만 사정이 여의치 않았다. 어떤 것은 지나치게 비현실적이었고 대부분은 엄두도 낼 수 없을 만큼 비쌌다. 결국 그는 자신이 직접 집을 설계하기로 결심했다. 기본 양식은 인터넷을 검색하면 쉽게 구할 수 있었고 전공이 전자공학이라 배선도를 그리는 데는 자신이 있었다.

우선 집의 공간을 크게 두 부분으로 나눴다. 높은 천장이 포인트인 거실을 중앙에 두고 방을 한쪽으로 몰아 층수를 늘렸다. 1층에는 아이와 아이의 동생을 위한 방을 하나씩 놓았다. 둘째가 태어나기 전까지는 손님을 위한 게스트룸으로 사용할 생각이었다. 복도 끝에는 2층으로 통하는 좁고 긴 계단을 냈다. 2층에는 부부를 위한 침실과 자신을 위한 서재를 둘 계획이었다. 2층은 부부의 프라이버시를 보호받을 수 있도록 완전히 독립된 공간이어야 했다.

나중에 늙어서 계단을 못 오르면 어쩌지? 남자는 잠시 고민하다가 맥없이 웃어버렸다. 쓸데없는 고민이란 인간의 본능적 악취미였다. 그런 고민을 할 시간에 하나라도 더 배워나가야 했다.

아내도 나름대로 학습에 나섰다. 무엇보다 '블루테라스'에서의 활동 빈도가 부쩍 늘었다. 블루테라스는 주로 도시에서 아파트 생활을 하는 주부들이 주축인 인터넷 커뮤니티였다. 설계나 시공보다는 인테리어 아이디어 공유 차원의 담소가 오갔다. 아내도 건축 서적을 탐독했지만 어디까지나 남자의 제안에 응하는 수준이었다. 아내의 활동은 집짓기에 실질적으로 도움이 되지 못했다. 남자가 권하는 책을 다 읽고도 아내는 경량 철골 같은 건축 용어의 의미를 끝끝내 알지 못했다. 하물며 설계도를 소화하는 건 무리였다. 남자가 이층집을 만들겠다고 하자 아내는 아이처럼 좋아했다. 거실 너머에 테라스를 놓겠다고 했을 때도 좋은 생각이라며 맞장구를 칠 뿐이었다. 그러면서 아내는 남자에게 고맙고도 미안한 마음이 든다고 고백했다. 자신은 그저 교외에 사는 것으로 만족하니 집짓기에 관해서는 얼마든지 마음껏 하라는 독려가 거듭됐다. 남자는 경량 콘크리트 외벽 따위가 아내에게 의미가 있을 리 없다는 걸 깨달았다. 게다가 임신 기간 내내 입덧이 지속되면서 아내는 시간이 갈수록 힘에 부쳐 보였다. 남자는 점차 아내에게 집 짓는 일과 관련된 사소한 결정들을 묻지 않게 되었고, 아내는 산부인과에 다녀온 날 초음파 사진을 보여주는 것 말고는 임신 기간의 고충을 홀로 감내했다. 서로를 배려하는 마음이었다. 자연스럽게 남자는 집 짓는 일에, 아내는 태교에 힘쓰게 됐다.

*

　설계도를 완성한 남자는 아내와 함께 현장을 방문했다. 그 사이 명의 변경과 착공계 허가를 비롯한 행정 절차가 마무리되었다. 미리 섭외해둔 굴착기는 다음 날부터 토목 공사에 들어가기로 되어 있었다. 그들은 현장에 도착할 때까지 좁은 흙길과 잡초 더미를 여러 번 지나쳤다. 한 번은 구덩이에 차가 빠질 뻔했고 또 한 번은 쓰러진 나뭇가지에 보닛이 쓸리는가 싶더니 조수석 램프가 찢겨나갔다. 결국 그들은 차를 세워두고 한참 걸어야 했다. 남자는 울상이 된 아내를 위로했다. 여기를 굴착기로 다 파내고 잡초를 걷어낸 후에 길을 틀 거야. 얼마 뒤 그들은 풀숲이나 다름없는 주택 부지에 도착했다. 아내가 울먹였다. 이게 뭐야. 남자가 말했다. 저쪽이 바다야. 아직 안 보이지? 내일이면 관목들을 다 솎아낼 수 있을 거야. 아내는 수풀을 비집고 들어가 바다를 내려다보았다. 남자가 등 뒤에서 아내를 안았다.

　우리가 매일 아침 내려다볼 풍경이야.

　남자는 나무와 풀이 뒤얽힌 부지 이곳저곳을 짚으며 집에 관해 설명하기 시작했다. 이곳은 거실이고 여기엔 벽난로가 놓일 거야. 여기부터는 부엌이야. 뒤쪽에 테라스를 하나 더 놓을까

해. 아내는 남자의 말을 들으며 열심히 고개를 끄덕였다. 그렇구나, 여기가 거실이구나. 아, 당신이 말했던 그 벽난로 말이지.

남자가 뒤쪽 테라스 자리에 어지럽게 널브러진 돌멩이들을 치우는 동안 아내는 풍선처럼 부푼 배를 끌어안은 채 무릎을 굽히고 펴길 반복했다. 왜 그래, 다리 아파? 남자의 말이 떨어지자마자 아내가 잡초 더미에 주저앉았다. 힘들어. 오랫동안 참은 듯 깊은숨이 따라 나왔다. 그제야 남자는 새하얗게 질린 아내의 얼굴이 눈에 들어왔다. 아무것도 없는 허공에 대고 집을 상상하기는 쉬운 일이 아니었다.

남자는 아내의 엉덩이 아래에 자신의 점퍼를 깔아주었다. 아내는 점퍼를 반으로 접더니 그래도 불편한지 다시 접었다. 쿠션감이 충분하지 않은 바람막이 점퍼는 아내의 엉덩이 아래에서 납작해졌다. 결국 남자는 힘들어하는 아내를 차에 태우고 쉴 만한 곳을 찾아 나섰다. 낡은 민박과 여인숙, 허름한 모텔을 몇 개 지나쳤다. 한참 달린 끝에 부부는 길가에 엉뚱하게 솟아 있는 무인 모텔 앞에 섰다.

아내는 혼자서 몇 시간이나 외딴 모텔에 있어야 한다는 사실을 탐탁지 않게 여겼다. 남자는 자재 주문과 현장 점검 때문에 마음이 바빴다. 건재상에 연락해 흙과 콘크리트 블록의 수량을 체크하고 현장에 돌아가 내일 제거할 관목을 파악해두어야 했다. 벌써 오후였고 내일은 아침 7시 반에 굴착기가 도착하기로 되어 있었다. 그러면 어떻게 하는 게 좋겠어? 차에서

쉴래? 남자가 말했다. 아내는 조그맣게 고개를 끄덕였다. 남자는 아내가 알아챌 수 없을 만큼 조용히 한숨을 쉬었다. 아내의 기분을 맞추는 건 피곤한 일이었다. 내성적인 아내는 좀처럼 자기 생각을 표현하는 법이 없는 데다 임신을 한 뒤부터 가끔 예민해지기까지 했다. 몇 시간을 차 안에만 있으면 허리가 아플 텐데. 남자가 걱정스럽게 말했다. 우선 들어가자. 조금이라도 누워 있는 게 좋겠어.

모텔 방에 들어가자마자 아내는 침대 구석에 모로 누웠다. 무거운 배를 감싼 채 몸을 쭈그리고 눈을 감았다. 아내의 숨소리가 잦아들자 남자는 곧바로 건재상에 연락했다. 그는 신호가 가는 동안 몸을 벌떡 일으켰다. 그리고 침대 끝에서 문 앞까지 몇 번을 오갔다. 건재상 사장은 자재가 배달될 주소를 불러달라고 했다. 남자가 불러주는 주소를 들은 사장이 큰 소리로 되받아쳤다. 강촌이오? ALC 블록은 콘크리트여도 기포 자재라 습기에 약한데 바닷가에 괜찮겠어요? 남자는 그게 무슨 소리냐고 물었다. 전에는 그런 말씀이 없으셨잖아요? 그러자 전화기 저편에서 사장이 대답했다. 그때는 바닷가라고 말하지 않으셨잖습니까. 제가 미리 확인을 했을 텐데. 사장의 톡 쏘는 화법에 기분이 언짢아진 남자는 다시 연락하겠다며 전화를 끊었다. 결단코 그는 남자에게 현장 위치를 물은 적이 없었다. 게다가 남해는 마을 대부분이 바다를 중심으로 군락을 이루고 있지 않은가.

135

도대체 여기 사람들은 고객 무서운 줄을 몰라.

남자의 투덜거림에 아내가 부스스 몸을 일으키며 물었다.

뭐가 문제야?

별거 아니야.

남자는 모텔 방의 창문을 열고 담배를 입에 물었다. 아내가 멀뚱히 남자를 바라보고 있었다. 무표정한 얼굴에 피로가 역력했다. 남자는 담배를 도로 집어넣었다. 저녁이나 먹으러 나가자. 남자가 겨드랑이에 손을 넣어 아내의 몸을 일으켰다.

부부는 적당한 식당을 찾느라 애를 먹었다. 저녁 시간인데도 시가지에 문을 연 식당이 서너 군데밖에 없었다. 남자가 '근대 식당'이라는 간판이 달린 건물로 아내를 이끌었다. 군데군데 글자가 지워지고 녹이 슨 탓에 식당 이름은 '군내 식당'으로 보였다. 테이블이 여섯 개인 작은 식당이었다. 시멘트 벽에 여기저기 부서지고 긁힌 자국이 선명했다. 남자는 아내를 안쪽 자리에 앉혀 밖을 내다볼 수 있도록 배려했다. 아내는 된장찌개를, 남자는 삼치구이를 골랐다.

주문을 받고 주방으로 들어간 식당 주인이 낡은 냉장고에서 재료를 꺼냈다. 그는 커다란 통에 씻지 않은 손을 집어넣어 채소를 들어 올렸다. 남자는 얼굴을 찌푸리며 고개를 돌렸다. 벽 모서리에 거미줄이 잔뜩 끼어 있었다. 테이블은 군데군데 검게 그을렸고 수저는 어느 것을 집어도 얼룩투성이였다. 얼마 되지 않아 녹슨 양은 냄비에 담긴 찌개와 비린내가 풍기는 삼치가 나왔다. 찌개는 달았고 생선은 지나치게 짰다. 남자는 먹는 행위에 집중했다. 식당 안은 일부러 눈여겨보지 않았다. 맥없이 젓가락으로 음식을 뒤적이던 아내가 입을 열었다.

저기, 나는 집에 가 있을게.

바지런히 찌개를 떠먹던 남자가 눈을 크게 떴다.

지금 돌아간다고?

아내가 덤덤하게 말했다.

그래야 당신이 집 짓는 데 집중할 수 있을 것 같아. 내가 곁에 있으면 신경 쓸 일이 많아지잖아.

남자는 말없이 꼬리가 까맣게 탄 삼치를 깨작거렸다. 대화는 이어지지 않았고 두 사람은 밥을 마저 먹었다. 어느덧 밥그릇을 비운 남자가 테이블에 젓가락을 내려놓으며 말했다.

당신이 옆에 있어야 든든한데, 내 욕심이지. 알았어. 얼른 올라갔다가 내려오지 뭐.

지금 올라가면 새벽에는 다시 내려올 수 있을 거라는 설명이 이어졌지만 더 완강한 쪽은 아내였다.

그건 비합리적이야. 버스만 타면 금방인걸. 당신은 터미널까지만 바래다주면 돼.

남자가 걱정 어린 표정으로 말했다.

그 몸으로 버스를 타는 건 무리야.

아냐, 그 정도는 괜찮아.

남자는 더 이상 아내를 설득하지 않았다.

버스에 오르기 전 아내는 부지 공사 뒤 인부를 데려오는 일에 신중을 기해야 한다고 조언했다. 뭐든 사람 쓰는 일이 가장 어렵고 중요한 법이라는 당부가 이어졌다. 버스가 떠난 뒤 남자는 현장에 한 번 더 다녀왔고 터미널 근처의 모텔에서 잠을 잤다. 방은 외풍이 심했고 아내가 없는 침대 위는 쓸쓸했다.

다음 날 아침 현장에 도착한 굴착기 기사는 범상치 않은 포스로 현장 이곳저곳을 둘러보더니 남자에게 잘라낼 관목을 다시 한번 체크해주었다. 관목과 흙을 퍼낸 뒤에는 그 위에 고른 흙을 부었다. 현장 주변에 흙이 산더미처럼 쌓여갔다. 그사이 남자는 아내에게 전화를 걸었다. 아내는 전화를 받지 않았고 통화 연결음이 굴착기 소음과 뒤섞여 정신을 산만하게 들쑤셨다. 남자는 아내와의 통화를 포기하고 다른 건재상에 전화를 걸었다. 이번에는 현장 위치를 먼저 말했다. 새로운 건재상의 사장은 깍듯하고 친절하게 응대했다. 그는 경량 콘크리트 블록에 슬래브를 얹으면 단열 효과가 있는 데다 습도 조절까지 용이하다고 말해주었다. 전면이 바다인 제주에서도 쓰는데 남해에 안 될 리가 있겠습니까? 사장의 말에 남자는 기쁘면서도 혼란스러웠다. 세상 사람 모두가 제 나름의 관점을 갖고 있었다. 무엇이 옳고 그른지 남자로서는 알 수 없었다.

전화를 끊은 뒤 남자는 굴착기가 관목을 제거하는 광경을 물끄러미 바라봤다. 친구의 소개로 아내를 만나고 고모의 소개로 결혼식장을 구하고 아내와 어머니가 번갈아 해주는 밥을 생각 없이 받아먹던 지난날이 떠올랐다. 지금까지 남의 말에 치우치지 않고 오롯이 선택했던 것들이 있긴 했나. 남자는 고개를 들어 먼바다를 바라봤다. 기억의 잔상들이 빛과 함께 잘게 부서지며 해수면을 떠돌았다.

부지 공사를 마친 다음 날 남자는 인력 소개소를 통해 인부 네 명을 모았다. 젊고 빠릿빠릿한 인부들을 쓰고 싶었지만 그런 이들은 새벽에 큰 건설 회사에서 보낸 승합차가 한꺼번에 모셔간다고 했다. 자의 반 타의 반으로 그때까지 소개소에 남아 있던 인부들을 끌어모았다. 두 명은 남자보다 나이가 한참 많았고 다른 두 명은 그보단 어렸다. 한 명은 다리를 약간 절었다. 남자는 인부들을 차에 태워 현장으로 데려갔다.

그날 아침 딸이 태어났다. 아내가 홀로 산부인과를 찾은 지 두 시간 만의 일이었다. 남자는 무사히 첫아이를 출산한 아내가 대견스러웠다. 옆에 못 있어줘서 정말 미안해. 아내는 오히려 남자를 위로했다. 당신은 더 중요한 일을 하고 있잖아. 아내와 통화를 마친 남자는 안절부절못했다. 인부들이 걱정 말고 어서 가보라며 남자를 격려했다. 남자는 인부들을 현장에 내려준 뒤 재빨리 지시를 내리고 다시 차에 올라탔다. 시 경계로 차를 몰면서 그는 아내에게 전화를 걸었다. 아내의 목소리는 평상시보다 힘이 없었다. 갓 태어난 딸의 몸무게는 겨우 1.95킬

로그램이었고 정상적인 체중에 이를 때까지는 전문적인 보호가 필요하다고 했다. 그는 아내 역시 조리원에서 전문적인 산후조리를 받는 게 좋을 것 같다고 생각했지만 그 의견을 입 밖에 내진 못했다. 아내는 아이의 치료 비용을 걱정했고 남자는 그 질문에도 뾰족한 답을 해줄 수 없었다. 얼마간 침묵이 이어진 뒤 아내는 공사 상황을 궁금해했다. 남자는 들뜬 목소리로 토목 공사를 끝냈다고, 시멘트로 바닥을 다진 뒤에 골조 공사를 하게 될 거라고 했다. 아내가 퉁명스럽게 물었다.

우리 집에는 누가 있어?

인부들이 있지.

그렇게 두고 나오면 어떡해. 우리는 관리자도 없잖아.

남자가 갓길에 차를 세웠다.

그냥 두면 인부들이 시멘트에 먹다 버린 음식 쓰레기 같은 걸 넣어버린대. 어떤 사람은 담배꽁초 같은 것도 봤대.

그는 서둘러 차를 돌렸다. 아내가 옳았다. 관리자가 없는 현장에서 인부들은 모여 앉아 아이스크림을 먹으며 잡담을 나누고 있었다. 아이스크림 봉지가 제멋대로 굴러다녔고 주변으로 담배꽁초와 말라붙은 침 자국이 보였다. 남자는 인부들을 다시 모았다. 이번에는 각자의 역할을 상세히 지시하고 꼼꼼하게 그들을 관찰했다. 인부들의 작업 속도는 실망스러울 정도로 느렸다. 그들은 소개소에서 들었던 것보다 훨씬 힘든 현장이라 일당을 올려 받아야 한다며 투정을 하기까지

했다. 그날 작업을 마친 뒤 남자는 그들에게 아랫동네까지 걸어가는 길을 알려주었다. 매일 출근을 시켜주시오. 이렇게 외진 곳까지 어떻게 오란 말이오? 남자는 인부들의 불평을 들으며 사람을 필요 이상으로 많이 고용한 것을 후회했다. 그들은 옹색하고 비굴한 데다 게으르기까지 했다. 그는 인부를 두 명으로 줄였다. 나이가 많고 투정이 유독 심한 두 명에게 더 이상 나올 것 없다고 딱 잘라 말했다. 대신 남자가 직접 팔을 걷어붙이고 콘크리트 블록에 접착제를 발랐다. 그의 마음에 안정이 찾아왔다.

블록을 세워 올리던 남자는 반대편을 둘러봤다. 부엌 한쪽에 정원으로 통하는 문을 낼 생각이었다. 그런데 부엌과 거실의 이미지가 상충했다. 집을 구상할 때부터 거실은 고급스러운 원목으로 채우고 마호가니 테이블과 의자를 둬야겠다고 생각했다. 양주와 와인을 채운 홈 바도 만들고 싶었다. 부엌은 아내의 취향대로 밝고 화사했으면 했다. 그렇다 보니 두 공간의 분위기가 전혀 어울리지 않았다. 그는 콘크리트 블록을 쌓다 말고 가구점에 전화를 걸었다. 가구점에서는 방문을 제안했다. 아무래도 직접 가구의 분위기를 확인하는 편이 좋을 것 같았다.

남자가 가구점 서너 곳을 둘러보고 돌아왔을 때는 이미 한밤중이었다. 인부들은 집으로 돌아가고 없었다. 다시 모텔로 가자니 까마득했다. 남자는 차에서 방수 매트와 담요를 꺼냈다. 거실이 될 공간에 매트를 깔고 담요를 덮었다. 이름 모를 별들이 밤하늘을 수놓고 있었다. 남자는 탄복하며 별 무리를 바라봤다. 적당히 차고 가벼운 바람이 불어와 남자의 뺨을 스쳤다. 별과 밤과 보이지 않는 끈으로 단단히 이어진 느낌이 들었다. 여전히 먼지와 소음이 가득한 도시에서 밤을 보낼 아내와 아이가 떠올랐다. 남자는 별 무리를 향해 손을 맞잡고 기도했다. 어서 가족과 함께 따뜻한 저녁을 먹고 별이 가득한 밤하늘을 올려다보며 잠드는 날이 오기를. 이런저런 생각을 하다 스르르 잠이 들었다. 더없이 평화로운 밤이었다.

아이는 하루가 다르게 커간다고 했다. 남자는 매일 전화로 아이의 소식을 전해 들었다. 그때마다 당장 아이를 보러 갈 수 없다는 사실을 절감했다. 남자의 마음속에 미안한 감정이 쌓여갔다. 딸이 태어나기 전에 집을 완성했더라면 지금쯤 이곳으로 데려올 수 있었을 텐데. 그는 자신을 탓했다. 미안함과 죄책감이 남자를 더욱 채찍질했다. 집을 짓는 것은 이제 가족에 대한 의무이자 책임이며 자신의 존재를 증명하는 유일한 방법이었다.

집짓기는 콘크리트 블록만 쌓아 올린다고 되는 일이 아니었다. 소방 설비와 난방 기구도 갖춰야 했고 기초 공사를 끝내면 더는 바꿀 수 없는 구조도 여러 번 점검해야 했다. 평생 이 공간에서 생활해야 한다고 생각하니 무엇이든 두 번, 세 번 곱씹어보게 되었다. 남자는 꼼꼼하게 미장 작업을 했다. 각이 틀어지지 않고 최대한 깔끔하게 보이도록. 뒤에서 남자의 작업을 지켜보던 인부가 말했다.

사장님, 거 보이지도 않는 데다 무슨 신경을 그리 씁니까?

다리를 저는 인부였다.

그리 굼떠서는 집 한 채 짓는 데 평생을 날릴 거요.

남자는 신경이 곤두서는 걸 느꼈다. 어쩔 수 없이 손에 들고 있던 접착기를 내려놓으며 말했다.

점심이나 먹읍시다.

남자가 아랫동네까지 가서 배달 음식을 받아왔다. 남자는 간짜장, 인부 한 명은 짬뽕, 다른 한 명은 볶음밥을 시켰다. 술이 필요하다던 인부의 말이 떠올라 소주도 한 병 샀다. 점심을 먹으며 남자는 인부들에게 어떻게 이 일을 시작하게 됐는지 물었다. 남자보다 어린 인부는 학자금 상환을 위한 돈이 필요하다고 했다. 3년 안에 갚지 못하면 신용 불량자가 될 판국이라 어쩔 수 없이 시작했다며, 자신이 원래 이런 일을 할 사람은 아니라고 덧붙였다. 다리를 저는 인부는 자기 집을 지어본 경험을 살려 이 일을 시작했다고 말했다. 집을 짓는 데 그렇게 큰 돈이 들 줄 몰랐던 그는 중간에 파산하고 말았고, 이혼을 당한 뒤 그나마 익힌 기술로 근근이 생활을 이어가고 있다고 했다. 남자는 그의 말을 들으며 가만히 생각에 잠겼다. 얼굴이 불콰

해진 인부가 남자에게 경고했다. 집을 짓는 게 그리 만만한 일이 아니오. 나라고 실패하고 싶었겠소. 아내라는 작자는 쥐뿔도 모르면서 인내심은 형편없고 사방 천지에서 이런저런 트집을 잡으며 공격해오는데…… 사장님도 헛꿈 깨시는 게 좋을 거요. 궁궐 같은 집 상상하다 인생 내 꼴 납니다.

남자는 그날 그 인부를 해고했다. 그런 마음가짐으로 집을 짓는다는 게 꺼림칙했다. 해고 이유로는 음주 문제를 들었다. 그는 남자의 통보를 듣고 한동안 현장을 둘러보았다. 시멘트와 접착기들이 어수선하게 흩어진 채 두 사람을 둘러싸고 있었다. 그는 곧바로 짐을 챙겨 아랫동네 쪽으로 사라졌다.

다음 날 아침 현장에 선 사람은 남자뿐이었다. 학자금을 갚아야 한다던 인부마저 모습을 감췄다. 남자는 종일 작업을 이어가며 인력 소개소에 연락해야 하나 고민했다. 그간의 경험을 비추어보아 비슷한 문제가 반복될 게 뻔했다. 사람들이 말이야, 주인 의식이 없어. 남자는 뻐근한 허리를 두드리며 중얼거렸다. 결국 그는 시간이 걸리더라도 하나하나 스스로 해나가기로 마음먹었다. 어차피 자신의 일이었다고 생각하니 한결 마음이 편했다. 남자는 소맷자락을 걷어붙이고 블록을 쌓아 올렸다. 다음 날도, 그다음 날도 종일 블록을 쌓아 올렸다. 집은 남자를 실망시키거나 희롱하지 않았다. 일한 만큼 성과를 얻을 수 있었다. 블록은 남자가 쌓은 만큼 쌓였고 배선은 남자가 이은 만큼 이어졌다. 시간이 조금씩 지체되었다. 남자가 작업에 꼼꼼하게 임할수록 진도는 더뎠다.

아내에게는 작업이 계획대로 진행되고 있다고 말했다. 아내역시 남자를 안심시켰다. 성급하게 생각할 것 없어. 계획대로만 되면 다 괜찮을 거야. 어차피 우리가 평생 살 집이잖아. 조금 늦어지면 어때. 아내는 아이가 잘 먹고 잘 자며 동생은 공무원 시험 준비를 위해 기숙 학원에 들어갔다고 말했다. 남자는 스스로에게 다짐하듯 말했다. 그래, 조금만 더 참아보자. 통화 말미에 아내가 머뭇거리며 운을 뗐다. 그래, 그런데…… 남자는 아내의 말이 마음에 걸렸다. 그런데?

아내는 한동안 말이 없었다. 조급해진 남자가 되물었다. 그런데 뭐? 아내가 정말 하고 싶은 말은 아껴 한다는 걸 알기에 남자는 신경이 곤두섰다. 마침내 아내가 울먹거리듯 말했다.

언제까지 이렇게 기다려야 하는 거야?

아내의 말이 남자의 뒤통수를 후려쳤다. 순간 남자의 머릿속에 그간의 고생이 떠올랐다.

집에는 아직 부족한 것이 많았다. 먹을 것을 구하기 위해서는 아랫동네까지 가야 했다. 수도관이 연결되기 전이라 물을 사용할 수조차 없었다. 터미널 화장실에서 물통을 채워와 몸을 씻은 적도 많았다. 시내에서 마주친 사람들은 뽀얀 먼지로 뒤덮인 남자를 보고 눈살을 찌푸렸다. 남자는 개의치 않는 듯 움직였지만 점차 외부로 나가지 않는 날이 늘어갔다. 마트에 가면 보관 기간이 긴 참치 캔이나 햇반, 라면을 박스째로 샀다. 신선한 채소나 과일을 먹은 게 언제인지 기억도 나지 않았다. 그럼에도 끝이 보이지 않았다. 전기 배선을 연결하는 데만 몇 주가 걸렸다. 빗물 받침판에 대한 아이디어가 떠오르지 않아서 작업을 멈춘 채 며칠을 고민했다. 단열재 외피에 쓸 재료, 천장 페인트 색깔, 도배지 무늬 따위를 고민하는 사이에 또다시 몇 주가 갔다. 남자의 시간은 아침과 낮, 오후와 저녁으로 나뉘었다가 잠자는 시간, 일하는 시간, 쉬는 시간으로 삼등분되었고 결국 집을 지을 수 있는 시간과 그렇지 않은 시간으로 구분되었다. 눈뜨면 일을 시작했고 날씨가 좋지 않으면 거실에 앉아 이런저런 결정 사항을 점검했다. 온갖 건축 자재들로 너저분한 거실에 홀로 앉아 외로운 결정을 이어가는 시간은 심신이 아플 정도로 고달팠다. 남자는 저도 모르게 쏘아붙였다.

내가 요즘 어떻게 사는지 알기나 해?

전화기 너머에서 아이 울음소리가 들렸다. 아내는 곧장 목소리를 낮췄다.

나중에 다시 이야기하자.

서운함이 가시지 않은 목소리로 남자가 말했다.

내가 누굴 위해서 이렇게 살고 있는 건데.

알겠어. 미안해. 내가 요즘 힘들어서 그래.

아이야 도움이 필요할 때 울기라도 하지 않나. 남자의 생각에 집짓기는 그보다 배는 힘든 일이었다. 아내가 현장에 함께 있었더라면 자신의 고충을 알아주고 더욱 감사하는 마음을 갖게 됐을 텐데. 남자는 아내가 남은 과정이라도 곁에서 지켜본다면 저런 말을 생각 없이 뱉어낼 수는 없으리라고 생각했다.

이제 여기로 내려오는 게 어때? 2층은 살면서 지어가면 되고 우선은 1층에서 지내면 되니까.

남자의 제안을 듣고 아내는 타박하듯 말했다.

신생아를 데리고 그 산길을 어떻게 헤쳐가. 아직 길도 정리가 안 됐다면서.

당신이 처음 왔을 때를 생각하면 안 돼. 이제는 살 만하다니까.

아내가 뜸을 들이더니 아무래도 새집인 만큼 화학약품에 면역이 없는 아이의 건강이 가장 걱정된다고 중얼거렸다. 남자는 아내의 말에 발끈했다. 아이를 위해 친환경 소재를 사용했다는 말을 얼마나 자주 했던가. 남자는 당신만 부모냐며, 내 아이가 살 집인데 아빠가 되어서 그런 부분을 신경 안 썼겠냐며 화를 냈다. 아내는 알겠다고 답했다. 마지못한 목소리로 아이와 함께 내려가겠다는 말이 이어졌다. 그러면서 아내는 아이의 짐이 상당하다고 덧붙였다. 남자는 터미널로 마중을 나가겠다고 못 박았다. 후반 작업이 줄줄이 겹쳐 있어서 왔다 갔다할 시간이 없다는 이유였다. 남자의 단호한 말끝에 침묵이 이어졌다. 그들은 결국 결론을 내리지 못했다.

전화를 끊은 뒤 남자는 거실에 앉아 바깥을 내다봤다. 시야에 작업대 모서리가 걸렸다. 그 위에 책 한 권이 떨어질 듯 아슬아슬하게 놓여 있었다. 에세이집이었다. 책 귀퉁이가 접혀 있었다. 남자는 비로소 하이데거의 문장을 생각해냈다. 사람은 집을 지으며 자기 존재를 깨우쳐간다고 했지. 남자는 자리에서 일어나 거실을 한 바퀴 돌아봤다. 벽난로는 다소 보수적인 관점을, 일직선의 복도는 곧은 품성을 반영하는 듯했다. 전기 배선이 남자의 몸을 관통해 신경선처럼 집 안 곳곳으로 뻗어 있었다. 집이 그곳에 사는 인간을 닮아간다면 만들어지는 과정 또한 그렇지 않을까. 몸의 세포 하나하나가 집과 연결되어 자라나고 있는 것 같았다. 어느 때보다 집이 가깝게 느껴졌다. 경미한 흥분 상태에 빠져 있던 남자는 바르다 만 시멘트 바닥에서 그대로 잠이 들었다. 꿈속에 완성된 집이 등장했다. 정원에 깔린 잔디 위에서 여자아이가 아장아장 걷는 게 보였다. 너무나 희미해서 아이의 얼굴은 보이지 않았다.

　기본 골격이 완성되자 집은 스스로 위용을 갖춰가기 시작했다. 단열재를 끼우고 덧칠을 하자 어엿한 건축물로 보였다. 외장 공사를 마친 남자는 공들여 고른 새시를 끼우고 공간마다 고유의 향기가 배어나도록 적절한 마감재를 넣었다. 거실에는 미색 페인트를 칠했고 벽난로 주변으로 벽돌을 하나씩 쌓아 올려 포인트를 주었다. 시멘트로 적절히 마감하면서 장소에 어울리는 바닥재를 고심했다. 1층은 마무리 단계에 이르렀다. 저물녘에 남자는 흙으로 뒤덮인 정원 한가운데 서서 집을 올려다봤다.

집은 하나의 작품이었다.

남자는 무심코 지나친 건축물이 짓는 이들의 열정과 희생으로 만들어진 고귀한 예술 작품이라는 사실을 그제야 깨달았다. 전통 양식에 자연의 아름다움을 덧대어 중국 조경 철학을 대표하는 건축물로 거듭난 이화원, 그리스도의 성서와 예수의 일생을 몽환적 예술성으로 표현해낸 스페인의 사그라다 파밀리아, 태평양을 떠다니는 요트의 돛과 조개의 우아함을 섬세한 곡선으로 드러낸 호주의 오페라 하우스까지 모두가 하나의 완전한 생명체였다.

*

아이는 '아빠'라는 단어를 발음하지 못했다. 아내가 몇 번이나 주입시키듯 반복했지만 입만 뻐끔거릴 뿐 아무런 소리도 내지 않았다. 남자는 아이의 존재가 낯설었다. 그가 아이를 만나자마자 한 말은 '밥은 잘 먹어?'나 '걸어는 다녀?' 같은 시시한 질문뿐이었다. 조수석에 앉은 아내의 품속에서 아이는 새근대며 잠들었다.

오랜만에 온 가족이 저녁 식탁에 둘러앉았다. 아내는 약간의 식자재만으로도 국과 반찬을 척척 만들어냈다. 읍내 마트에서 사 온 소고기를 넣어 끓인 뭇국과 콩장, 느타리버섯볶음과 집에서 가져온 배추김치가 상에 올랐다. 남자는 맛깔스럽게 밥 그릇을 비웠다. 아내가 물 잔을 건네며 말했다.

이젠 제법 집답다.

남자는 집의 구조와 건축 자재들에 관해 설명하기 시작했다. 아이들 방은 일부러 문턱을 없애고 폴리싱 타일을 깔았어. 깔끔하고 고급스러워 보이거든. 거실과 부엌 분위기를 맞추려고 이 마호가니 식탁을 둔 거야. 선반 높이도 당신 키에 맞췄고. 고개를 끄덕이던 아내가 갑자기 동작을 멈췄다. 아이가 우는 것 같지 않아? 아내는 수저를 팽개치곤 아이 방으로 뛰어갔다. 놀란 남자가 소리쳤다.

뛰지 마. 타일 깨져!

아이의 울음소리가 더 커졌다. 다급해진 아내가 쿵쿵거리며 방으로 들어갔다. 아니, 저 여자가. 남자는 의자를 박차고 일어나 아내를 따라갔다. 그사이 바닥에 깔린 고급 폴리싱 타일에 기스가 나지 않았는지 꼼꼼하게 관찰했다. 진동 때문에 바닥이 벌어진 곳은 없는지 구석구석 살피는 것도 잊지 않았다. 어두운 복도에서 손전등을 비춘 채 두어 번 더 타일 상태를 확인했다. 다행히 이상이 없었다. 발레리노처럼 발뒤꿈치를 치켜든 채 걷던 남자가 조심스레 바닥에 발을 내려놓았다. 그리고 아내에게 주의를 주기 위해 방으로 들어갔다.

방에 들어서는 순간 남자는 근육이 경직됨을 느꼈다. 발밑에서 울음을 그친 아이가 멋대로 기어 다니고 있었다. 아이의 입에서 길게 침이 늘어졌다. 금방이라도 바닥에 떨어질 것 같았다. 남자를 더욱 화나게 한 건 아내가 그런 아이를 지켜보고만 있다는 사실이었다.

당신은 뭐 하는 사람이야.

남자가 신경질적으로 아내의 손에서 가제 수건을 빼앗아 들었다. 얼른 아이의 입가로 가져갔다. 뒤쪽을 살피니 침 자국으로 여기저기 얼룩져 있었다. 남자의 얼굴이 터질 듯 달아올랐다. 그사이 아이는 침과 먼지가 뒤엉킨 고사리손으로 흰 타일을 짚었다. 벽을 지지대 삼아 일어서려는 참이었다. 아내가 재빨리 남자를 밀어내며 외쳤다.

저거 봐. 애가 일어서려고 해!

아이는 손으로 벽을 짚은 채 허벅지와 종아리에 힘을 주어 온몸을 일으켜 세웠다. 조그만 허벅지와 통통하게 살찐 발등이 남자의 얼굴처럼 붉게 달아올랐다. 아내는 두 손을 맞잡은 채 넋을 잃은 표정으로 그 장면을 지켜보고 있었다. 아이의 손이 벽면 여기저기를 짚었다. 남자가 정성껏 이어 붙인 벽타일에 침 자국이 남았다. 작은 지문이 선명했다. 참지 못한 남자가 고함을 질렀다.

손대지 마!

기세에 놀란 아이가 엉덩방아를 찧으며 주저앉았다. 아이는 잠시 멍해 있다가 삽시간에 표정이 일그러지며 울음을 터트렸다. 아내가 재빨리 아이를 안았다. 아이의 울음소리가 더 높아졌다. 아내는 아이를 어르며 동그랗게 뜬 눈으로 남자를 바라봤다. 남자는 입술을 깨물며 화를 삼켰다. 의례적인 사과가 이어졌다. 그럼에도 아내의 눈빛이 바뀌지 않자 남자는 한숨을 내쉰 뒤 방을 빠져나왔다. 아내는 한동안 방에서 나오지 않았다. 남자는 밥을 먹으면서 간간이 칭얼거림이 새어 나오는 방을 힐끔거렸다.

벽지가 마르지 않아서 그들은 거실에서 함께 잠을 청해야 했다. 낯선 환경 탓인지 아이는 자주 잠에서 깨어났다. 덕분에 남자도 덩달아 깨곤 했다. 새벽녘 잠이 달아난 아이가 사부작거리며 몸을 일으켰다. 곧이어 천천히 행동반경을 넓히며 집 안 이곳저곳을 기어 다녔다. 처음에는 제 엄마 주위를, 다음에는 거실을, 결국은 복도와 부엌까지 침 자국을 남기며 무법자처럼 헤집었다. 아이 뒤로 아내가 꼬리표처럼 따라붙었으나 아무런 제지도 하지 않았다. 보다 못한 남자가 몸을 일으켰다.

복도의 세라믹 장식장은 남자가 각별히 신경을 기울인 것이었다. 고도의 집중력으로 최고급 강화 유리를 필요한 만큼 잘라내 붙인 뒤 나머지는 마저 쓸 요량으로 한쪽 구석에 남겨두었다. 아직 완벽히 붙지 않아서 깨질 수도 있는데. 아이가 행여 침 묻은 손으로 짚을까 봐 아예 그 앞을 막고 서 있어야 했다. 오크 원목은 워낙 비싸서 서재에만 쓸 생각이었다. 약간의 물기도 목재에는 치명적이었다. 벽난로 옆에는 두께가 얇은 전구를 모아둔 바구니가 있었다. 식탁 등으로 사용할 예정이었다. 두께가 얇은 만큼 더욱 조심히 다루어야 했다.

아이가 복도와 손님방을 자유자재로 기어 넘을 때마다 남자는 한발 앞서 근처 자재들을 살폈다. 이미 사방에 묻어난 지문은 한꺼번에 닦기로 하고 동선을 외워두었다. 그러면서도 아이에게서 한시도 눈을 떼지 않았다. 아이 발치에 앉아 있던 아내가 꾸벅꾸벅 졸기 시작했다. 어둠 속에서 남자의 눈빛이 번득였다. 조그만 뭉치가 움직이기 시작하면 남자의 눈동자도 그것을 따라 움직였다. 아이가 가구 아래로 들어가자 남자도 몸을 낮춰 포복했다. 아이가 복도 끝에 쌓아둔 강화 유리 쪽으로 기어가려고 하자 남자는 아이보다 먼저 그쪽으로 기어갔다. 그리고 아이가 다가올 때까지 온몸으로 자재를 지키고 섰다. 남자에게 가로막힌 아이가 반대쪽으로 몸을 틀었다. 앞은 텅 빈 복도였다. 남자가 따라오지 않자 아이는 복도 중간에 앉아 멀뚱히 뒤를 살폈다. 남자가 아이를 바라보며 말했다.

조심해. 알겠니? 조심.

아이가 다시 어두운 복도를 가로질렀다. 남자는 고개를 가로저었다. 얼른 말이 통할 나이가 되어야 할 텐데. 갈증을 느낀 그는 아이를 향한 시선은 유지한 채 부엌으로 들어섰다. 냉장고에서 물병을 꺼냈다. 물을 한 모금 들이켰을 때 아이는 어느새 잠든 아내를 지나쳐 벽난로에 가까워지고 있었다. 먹잇감을 찾은 벌레가 꿈틀거리며 기어가는 것 같았다. 아이가 향하는 방향에 전구를 모아둔 바구니가 있었다. 저 알이 하나에 얼마짜린데! 남자는 물병을 든 채 벽난로 쪽으로 뛰어갔다. 급하게 움직인 탓에 채 풀리지 않은 스텝이 꼬여버렸다. 대자로 엎어지면서 남자가 내뻗은 오른손이 바구니를 툭 건드렸다. 가벼운 라탄 소재의 바구니가 금세 뒤집어졌다. 요란한 소리가 울리면서 얇은 전구들이 산산이 부서져 나뒹굴었다. 그 반동으로 물병이 남자의 손에서 튕겨나갔다. 남자가 엎어진 채로 아이를 붙잡고 으르렁대듯 말했다.

조심하라고 했지. 손대지 말라고.

아이는 입술을 빼금거렸다. 남자가 다시 이빨을 드러낸 채 몇 마디 주의를 줬지만 멀뚱히 쳐다볼 뿐이었다. 결국 남자는 아이의 팔을 쥐고 거세게 흔들었다.

조심! 알겠니?

대답은 뒤쪽에서 들려왔다.

당신 미쳤어?

아내가 잠긴 목소리로 비명을 질렀다. 유리 파편 사이에서 재빠르게 들어 올려질 때까지 아이는 멀뚱멀뚱 남자를 내려다보고만 있었다. 문득 남자는 내뻗은 손등에서 따끔한 느낌을 받았다. 파편이 튀었는지 희미하게 핏물이 번지고 있었다. 덩달아 물병에서 쏟아진 물줄기가 목재 쪽으로 번지듯 흘러갔다. 남자는 옷소매로 정신없이 바닥의 물기를 닦았다. 남자가 한 땀 한 땀 정성 들여 붙인 폴리싱 벽타일과 오크 널 사이의 틈으로 아내의 외침이 갈기갈기 찢겨나갔다.

날이 새도록 아내는 잠든 아이 곁에서 말없이 남자를 지켜보았다. 집 안 곳곳을 쓸고 닦던 남자는 동이 틀 무렵 걸레를 집어던졌다. 비슷한 시각에 택시 번호를 수소문하던 아내가 말도 안 되는 가격으로 택시를 부르는 데 성공했다. 차가 집 앞에 도착하자 남자는 아내와 아이의 짐을 챙겨 트렁크에 넣었다. 아내는 기사에게 남자의 차가 고장 났다고 둘러댔다. 기사는 친절했다. 미터기 가격의 세 배가 넘는 돈을 받기로 했으니 당연한 거라고 남자는 생각했다. 기사는 트렁크에 다 들어가지 못한 짐 가방을 조수석에 실으며 질문인지 혼잣말인지 모를 말을 해댔다. 아이가 곧 걷겠네. 우리 손주도 이만한데. 사모님이 어디 잠깐 다녀오실 모양이네요. 남자는 잠자코 기사를 지켜보다 고개를 돌렸다. 아이는 담요로 꽁꽁 둘러싸여 머리카락 한 올 보이지 않았다. 그새 잠들었는지 칭얼거리는 소리도 들리지 않았다. 짐을 다 실은 기사가 남자에게 명함을 건넸다. 다음에 또 필요하실 땐 이 번호로 직접 전화 주세요. 언제든지 바로 옵니다. 남자가 고개를 끄덕였고 기사는 뒷좌석 문을 닫으며 집을 올려다봤다.

집이 아주 멋진데요. 저도 제집 하나 짓는 게 소원입니다.

진한 선팅에 가려 뒷좌석에 앉은 아내가 보이지 않았다. 기사는 보이지도 않는 아이를 향해 손을 흔들었다. 중형차는 들

155

어올 때와 마찬가지로 나갈 때도 소리를 거의 내지 않고 움직였다. 이윽고 택시가 천천히 멀어졌다. 남자는 몸을 돌려 집을 올려다봤다.

한차례 풍파가 지났음에도 집은 꼿꼿하게 제자리를 지키고 서 있었다. 남자는 안도하며 현관에 손을 얹었다가 금방 떼어냈다. 손자국이 남을 수 있었다. 대신 현관 손잡이에 붙은 먼지를 털어내다가 시멘트로 마감한 바닥을 내려다봤다. 좀 밋밋한가. 한참을 들여다보던 남자가 중얼거렸다. 너무 정석일 필요는 없는데 날 닮아서인가. 순간 남자의 머릿속에 한 가지 아이디어가 떠올랐다. 깨진 전구를 활용해보는 건 어떨까? 시멘트와 섞어 현관 바닥에 바른다거나. 남자는 천천히 주변을 둘러봤다. 정원 부지가 눈에 들어왔다. 남은 걸로는 정원에 울타리를 치는 거야. 깨진 전구마저 남김없이 쓸 생각을 하다니. 남자는 스스로에게 감탄하며 유리 울타리로 둘러싸인 정원을 머릿속에 그렸다. 그러자 아내의 배에 처음으로 손을 얹어본 날이 떠올랐다. 아이들이 뛰어놀 마당을 떠올리며 배 속의 아이와 교감하던 순간이 선연했다. 미끄럼틀과 시소가 있는 정원, 울타리 안쪽에는 그걸 만드는 게 좋겠어. 그가 꿈꾸던 집이 재현되려 하고 있었다.

남자는 팔을 걷어붙이며 집 안으로 들어갔다. 깨진 전구가 담긴 바구니를 향해 걷다 보니 간밤의 소동이 떠올랐다. 집을 완성할 때쯤이면 아이도 말귀를 알아들을 테고 아내도 자신의 잘못을 깨달을 게 분명했다. 그때쯤엔 아내를 용서해야 한다고 생각했다. 가족 간에 그런 일쯤은 얼마든지 이해할 수 있었다. 이런 너그러움마저 집이 준 선물 같았다. 시작하자. 남자는 온 집에 울릴 만큼 큰 소리로 손뼉을 치며 일과의 시작을 알렸다. 오늘도 해야 할 일이 많았다.

* 마르틴 하이데거의 문장은 '인간과 공간에 대한 다름슈타트 강연'(1951년 8월)에서 발표된 「짓기, 거주하기, 생각하기*Bauen, Wohnen, Denken*」라는 논문의 내용을 변형·인용했습니다.

이 소설의 초고를 쓴 여름 내내 나는 매일같이 카페에 갔다. 사람
이 많지 않은 오전 나절, 구석에 앉아 원고를 썼다. 늘 같은 자리에
앉았다. 오직 그 자리에만 노트북 전원을 연결할 콘센트가 있었기
때문이다. 그 카페는 내점 고객에게 책정된 커피값의 30퍼센트를 올
려 받았다. 와이파이도 없는 데다 주변 가게에 비해 커피도 비쌌다.
가성비 생각이 절로 들어 열심히 썼다. 쓰다가 지치면 멍하니 밖을
내다봤다. 예고도 없이 자주 비가 내렸다. 우산을 챙기지 않은 사람
들이 뛰어가는 모습을 볼 수 있었다. 오후에는 근처 도서관에서 건

축에 관련된 서적들을 찾아 읽었다. 글을 읽다 보면 어느새 폐관 시간이었다. 해는 길었고 볕은 따사로웠다. 도서관에서 빠져나와 골목 길을 걸어 내려가면 물이 맑고 거대한 호수가 펼쳐졌다. 맞은편 건물들이 붉고 검은 점으로 보였다. 호숫가 벤치에서 사람들은 아무렇게나 앉아 한가로운 한때를 즐겼다. 더러 옷을 벗고 물속으로 뛰어드는 사람도 있었다. 호수는 잔잔하고 평화로웠다.

나는 벤치에 앉아 책을 읽거나 산책로를 따라 걸었다. 그렇게 걷다 보면 어느새 그 도시에 살았던 한 소설가의 생가에 닿곤 했다. 그 앞에서 해가 지는 것을 보며 이 소설을 구상했다. 열정을 쏟는 인간에 대해 쓰고 싶었다. 미안하게도 주변 사람들의 행동 양식이 관찰 레이더에 걸려 소설 속 인물에 알게 모르게 녹아들었다.

어느 날 초고의 내용을 들려주었을 때 말없이 듣고 있던 G가 물었다.

미래의 내 얘기야?

나는 이렇게 대답했다.

네 이야기일 수도 있고 내 이야기일 수도 있고. 그냥 남자의 이야기에 지나지 않을 수도 있고.

물론 나는 G가 오랫동안 자신의 취향대로 집을 개조하고 싶어 해왔다는 걸 알고 있었다. 그렇지만 이 소설을 집 짓는 사람의 이야기만으로 규정하기는 어려웠다. 나는 내내 이 글이 향해가는 곳을 생각하며 소설을 쓰고 고쳤다. 처음에 남자는 아내와 헤어졌고, 다음에는 갑자기 날아든 법규 위반 딱지에 놀랐고, 그 후엔 집 안에 갇히

기까지 했다. 아무리 그 안으로 들어가보아도 남자의 끝이 다 보이지는 않았다.

시간이 흘러 초고를 썼던 계절이 돌아왔을 때 나는 여전히 그 카페의 같은 자리에 앉아 있었다. 전처럼 이따금 지나가는 사람들을 관찰하며 글을 썼다. 남자는 박제된 듯 그 자리에 머물러 있었다. 남자의 삶을 되찾아주고 싶었다. 심장에 피가 돌고 몸피에 도톰한 살이 붙게 해주고 싶었다. 남자를 생각하고 남자와 대화하고 남자에 대해 연구했다. 그제야 결말이 선명하게 보였다. 그는 모순적이게도 여전히 집을 짓고 있었다. 스스로 갇힌 채. 남자에게서 빠져나오며 나는 창밖을 응시했다. 해가 지고 있었고, 불투명한 창 안쪽으로 내 모습이 보였다. 서로 다른 색깔을 지닌 네 계절이 차례로 오갔고 다시 수레바퀴 돌듯 출발점으로 돌아왔음에도 나는 끈질기게 글을 쓰고 있었다. 열정과 중독은 한낱 어감의 차이라는 생각을 했다. 남자가 끝내 이름을 얻지 못한 건 아마 그런 이유 때문인 듯하다.


많은 지인들의 조언에도 불구하고 여전히 자산이라고 할 만한 내 집이 없다는 사실이 아직은 나를 안도하게 한다. 덕분에 나는 늘 떠날 준비가 되어 있고 어디에도 적응하는 인간이 되었다. 여전히 노트북 하나를 들고 이곳저곳 누비는 유목민으로 살고 있다.

| 소설집 |

# 집 짓는 사람

1판 1쇄 인쇄  2019년 3월  29일
1판 1쇄 발행  2019년 4월   5일

지은이 · 안준원 이민진 최영건 최유안
펴낸이 · 주연선

총괄이사 · 이진희
책임편집 · 최고라 김서해
편집 · 심하은 백다흠 하선정 최민유 이우정 박연빈 허유민
디자인 · 권예진 이다은 김지수
마케팅 · 장병수 최수현 김다은 이한솔 강원모
관리 · 김두만 유효정 박초희

**(주)은행나무**
04035 서울특별시 마포구 양화로11길 54
전화 · 02)3143-0651~3  |  팩스 · 02)3143-0654
신고번호 · 제 1997-000168호(1997. 12. 12)
www.ehbook.co.kr
ehbook@ehbook.co.kr

잘못된 책은 바꿔드립니다.

ISBN 979-11-89982-05-8 (03810)

• 한국문화예술위원회 한국예술창작아카데미는 만 35세 이하 신진 예술가가 참여하는 연
  구 및 작품 창작 과정입니다. 2018년 한국예술창작아카데미 문학 분야는 시인 4인과 소
  설가 4인을 선정하였으며, 이 책은 한국문화예술위원회의 지원으로 제작된 소설가 4인
  의 작품집입니다.